# 친구 캐릭인 내가 인기 많을 리 없잖아? 2

세카이이치

# CONTENTS

세카이이치

일러스트/**토마리**

# 1

## 친구 캐릭인 내가 인기 많을 리 없잖아?

확실히 말하자면, 내 중학교까지 15년 동안의 인생은 최악이었다.

선천적으로 눈매가 사나워 두려움의 대상이 되고, 미움을 받고, 눈엣가시 취급을 받았다.

그런 이유도 있어서 타인과 접점이 적었던 나는 의사소통능력도 빈약해, 혼자 지내는 경우가 많았다.

……하지만.

중학교 졸업 후에 시작된 고교 생활은 그다지 나쁘지 않았다.

나는 지금, 확실히 그렇게 생각하고 있다.

나를 피하고 미워하는 사람은 지금도 많다.

하지만 나를 이해해 주는 사람도 있다.

내 행동을 보고 생각을 바꾼, 같은 반 친구 아사쿠라 요시토.

싸우고 나서 서로를 이해하게 된 후배 카이 렛카.

사람을 외모로 단정 짓지 않고 여러모로 신경 써주는 마키리 치아키 선생님.

'가짜' 연인이라는 관계를 넘어 나를 신뢰해 주는 이케 토우카.

그리고…… 이 세계의 주인공이자 나를 친한 친구로 생각해주는 이케 하루마.

나는 이 사람들 덕분에 조금은 나은 '청춘'이라는 걸 누리게 되었다고 생각한다.

……그래도.

역시 나를 인정해 주지 않는 사람들이 훨씬 많다.

대표적인 예라면…… 이케의 소꿉친구인 하사키 카나를 들 수 있겠다.

그녀는 거의 모든 사람을 허물없이 대하고(아쉽지만 나를 제외하고), 천진난만한 미소로 수많은 남학생들을 포로로 만든 아이돌급 매력을 지닌 여자아이다.

그런 데다 테니스 실력은 전국 톱클래스.

성적도 이 지역 톱클래스의 진학교에서 중간 수준을 유지하고 있다.

그래서인지 하사키 카나는 엄청나게 인기가 많다.

그녀가 이케 하루마를 좋아한다는 건 모두가 아는 사실이지만, 알면서도 고백하는 사람이 끊이지 않는다.

……누구에게나 호감을 사는 그녀에게조차 인정받지 못한다는 건, 스스로 생각해도 어지간히 미움받는 인간인가

보다.

  그렇다.
  누구에게나 미움을 받는 나와.
  누구에게나 호감을 사는 그녀.

  나와 하사키 카나의 관계가 바뀐 건, 틀림없이.
  그 날의 일이 계기였을 것이다——.

                    ☆   ☆   ☆

  어느 날.
  나는 신발장에 들어있던 편지를 읽고 체육관 뒤편에 나와 있었다.
  겁 없는 녀석의 장난이거나 싸움 실력을 과시하려는 바보일 거라고 생각했지만…… 나는 곧바로 그 예상이 틀렸다는 것을 알게 되었다.
  "갑자기 불러내서 미안해."
  약속한 장소에 나온 내 앞에 있는 사람은, 진지한 표정을 지은…… 하사키 카나였다.
  그녀는 그 말만 하고 전혀 입을 열지 않았다.
  절박한 표정을 보고, 나는 '혹시 고백이라도 받는 걸까'

라고 잠깐이나마 생각했다.

하지만 곧바로 있을 수 없는 일이라며 생각을 고쳐먹었다.

왜냐하면—— 친구 캐릭터인 내가 그렇게 인기 있을 리가 없으니까.

서로 아무 말 하지 않는 시간이 흐르고, 정적이 주위를 지배했다.

그녀가 말없이 있는 동안, 사이드테일로 묶은 풍성한 밤색 머리카락이 바람을 받아 흔들렸다.

머리카락을 손으로 고정하며 그녀는 나를 똑바로 바라보았다.

그러다가 마음을 굳힌 듯이. 하사키 카나는 천천히 입을 열었다.


"미안해! ⋯⋯친구부터 시작했으면 좋겠어!"


그 말에 나는 아무 대답도 할 수가 없었다.

그야 친구 캐릭터인 내가 인기가 있을 리 만무하지만.

그래도 고백조차 안 했는데 거절당하는 일이 생길 거라고는 상상조차 하지 못했으니까.

## 2

## 약속

어느 날 점심시간.

언제나 그렇듯 친한 친구들끼리 책상을 맞대고 식사를 하려는 교실에 그녀가 나타났다.

"유우지 선배, 점심 같이 먹어요~♡"

달콤한 목소리로 부르는 사람은 조금 노는 갸루*같아 보이지만 상당한 미소녀이자, 내 여자친구인 이케 토우카.

……정확히 말하자면 '가짜' 여자친구지만.

그녀가 내 이름을 부르자, 반 아이들의 시선이 단숨에 나에게 모였다.

그리고 내가 그 시선에 반응하자 일제히 눈을 돌렸다.

이건 이미 약속된 패턴의 수준을 넘어섰다.

……아무리 그래도 한 달 가까이 똑같은 짓을 반복하다 보니 나도 뭔가 재미있는 반응을 해줘야 하는 건가 하는 생각이 슬슬 드는데.

정말로 그럴 일은 없겠지만, 하고 같은 반 친구들에게

---

* 헤어스타일이나 패션이 화려한 여자애를 일컫는 일본어 표현.

질려하면서 나는 자리에서 일어나 토우카가 있는 문으로 향했다.

그때 누군가의 시선이 나에게 향하고 있다는 것을 깨달았다.

원망스럽다는 듯이 이쪽을 뚫어져라, 쳐다보는 사람은 하사키 카나.

하사키는 나와 토우카의 관계를 아직 납득하지 못하겠다고 말했다.

제대로 대화를 나누고 싶다고 말해주었지만, 아직 서로 기회를 잡지 못하고 있었다.

"뭐예요~! 제가 선배를 불렀으면 뛰어서 와야죠!"

토우카에게 다가가자 그녀는 어린아이를 혼내듯 그렇게 말했다.

"그러게. 그럼 늘 가는 곳에 갈까."

나는 그 말을 가볍게 흘려 넘겼다.

토우카는 한순간 발끈한 표정을 지었지만, 언제나 점심을 먹는 장소…… 학교 중앙정원에 가자고 제안하자 살짝 부끄러워하는 반응을 보였다.

"왜 그래?"

"아니, 그게……. 오늘 점심은 중앙정원이 아니라 옥상에서 먹지 않을래요?"

시선을 피하며 그렇게 말하는 토우카가 손가방을 들고

있는 걸 보고, 나는 그 이유를 어렴풋이 짐작했다.

☆　☆　☆

　그리고 우리는 옥상에 도착했다.

　원래는 학생이 출입하지 못하는 장소다.

　하지만 옥상 문이 고장 났다는 것을 토우카가 알아챈 후로 이런 식으로 쓰고 있다.

　"선배, 시트 깔아 주세요."

　나는 토우카의 말에 얌전히 옥상 입구 근처에 접어놓았던 시트를 펼쳤다. 토우카가 '나중에 책상 같은 것도 가지고 오고 싶네요~' 같은 소리를 하는 걸 보니, 조만간 다른 아이템이 추가될지도 모르겠다.

　우리는 시트를 깔고 그 위에서 서로 붙어 앉았다.

　"그럼, 언제나 매점 빵을 쓸쓸하게 먹는 선배? 오늘은 사랑스러운 여자친구가 도시락을 만들어 왔거든요? 어때요? 기쁘죠?"

　토우카는 활짝 웃으면서 손가방에서 도시락 상자 두 개를 꺼내, 하나를 나에게 내밀었다.

　토우카에게는 한 번 더 도시락을 만들어 달라고 부탁한 적이 있다.

　그래서 손가방을 들고서 옥상에 가자는 말을 들었을 때

눈치챈 것이다.

중앙정원에서는 다른 학생들이 보게 될 가능성도 있다.

연인에게 손수 도시락을 만들어주는 헌신적인 캐릭터로 다른 학생들에게 여겨지는 걸, 의외로 싫어하는지도 모르겠다.

나는 내민 도시락을 받은 후에,

"고마워. 아아, 기쁜걸."

이라고 대답했다.

"……그, 그렇게 솔직하게 반응하는 선배는, 조금 귀엽다는 생각이 안 드는 건 아니네요!"

그러자 그녀는 쑥스러움을 얼버무리듯 고개를 홱 돌리며 말했다.

"약속한 대로 다음에 뭐라도 살게."

내 말에 토우카는 불만스러운 듯이 입술을 삐죽 내밀었다.

"왜 그래?"

"아뇨. 딱히 뭔가를 얻어먹고 싶어서 도시락을 만든 건 아니었다고 생각했을 뿐인데요?"

나와 토우카는 '가짜' 연인 관계다.

하지만 요즘은 그 관계를 넘어선 신뢰 관계가 존재한다고, 나는 생각한다.

이 도시락도, 그 신뢰 관계에서 유래한 토우카 나름의

호의일지 모른다.

나는 흐뭇한 기분이 들었다.

"그렇구나, 고마워. ……그럼 잘 먹을게."

나는 그렇게 말하고 토우카가 준 도시락을 열었다.

색색의 반찬들이 보였다. 영양 밸런스를 고려한 듯한 이 도시락은 정말로 맛있어 보인다. 그렇게 생각하고 있자니,

"그럼 선배, 앙~."

아스파라거스 베이컨말이를 젓가락으로 집어 나에게 내밀면서 토우카가 말했다.

"……내가 알아서 먹을게."

"무슨 소리예요, 어디서 누가 보고 있을지 모르잖아요? 방심하지 말고 러브러브하자고요!"

흥, 하고 콧김을 거칠게 내뿜으며 그녀가 말했다.

"무슨 소리를……."

이라고 내가 입을 연 순간,

"헙."

토우카가 활짝 웃으면서 내 입에 반찬을 밀어넣었다.

갑자기 무슨 짓이냐고 불평하고 싶었지만, 입 안이 음식으로 가득 차서 제대로 말할 수 없었다. 나는 어쩔 수 없이 입 안에 있는 음식들을 씹어 삼켰다.

베이컨의 짠맛과 아스파라거스의 식감이 끝내주게 맛있었다.

"어떤가요, 선배?"

방긋방긋 웃으면서 토우카가 물었다.

"맛있어."

내가 감상을 말하자 토우카는 안심한 듯이 미소를 지었다.

"다행이네요."

그 웃는 모습을 보자, 방금 전에 억지로 입에 음식을 밀어 넣었다는 불만도 풀어지고 나도 모르게 뺨에 미소가 감돌았다.

"왜 그래요?"

내 표정 변화를 깨달았는지 토우카가 물었다.

'웃는 모습이 보기 좋아서'라고는 역시 말할 수가 없어서.

"갑자기 입에 넣는 짓은 하지 말아 줘."

라고 무뚝뚝하게 대답했다.

"그럼 다음에는 순순히 먹어주세요~."

내 말에 토우카는 달걀말이를 입에 넣으며 대꾸했다.

마치 또 만들어 오겠다는 듯한 말투에 쓴웃음을 지으며, 나도 토우카가 만든 도시락에 젓가락을 뻗었다.

☆　☆　☆

그리고 우리는 도시락을 다 먹었다.

토우카는 종이팩에 담긴 홍차, 나는 페트병에 담긴 차를 마시면서 적당히 잡담을 나누었다.

그러다가 문득 아까 교실 안에서 있었던 일을 떠올렸다.

"토우카랑 하사키는, 예전에는 사이가 좋았다면서?"

하사키의 이름이 나오자 토우카는 노골적으로 불쾌한 표정을 지었다.

"……으음. 그렇긴 한데 그런 건 뭐하러 물어보는 건데요?"

"신경 쓰이니까."

토우카가 나를 부를 때 하사키에게서 날아온 따가운 시선.

토우카와 내 관계가 마음에 들지 않으니까, 그녀는 나를 인정하지 않는다.

지금은 그다지 사이가 좋지 않지만, 이 둘은 예전에 얼마나 친했던 걸까…….

나는 그게 조금 마음에 걸렸다.

"……헤에, 신경이 쓰인다고요~. 흐음~. ……그보다 여자친구 앞에서 다른 여자 이야기를 하다니, 완전 말도 안 되는 행동 아닌가요? 너무너무 무신경한 거 아니에요? 선배의 그런 면은 고치는 편이 좋지 않을까요오?"

토우카는 무표정하게 딱딱한 목소리로 나에게 말했다.

방금 전까지 함께 도시락을 먹을 때의 즐거운 모습과는 정반대인 걸 보면, 토우카의 기분을 상하게 했을지도 모르겠다.

예전에 함께 도시락을 먹을 때 토우카는 하사키에 대해 꽤 신랄하게 말했었는데, 설마 화제에 오른 것만으로 이렇게까지 화를 낼 줄은 몰랐다.

"미안해. 우리의 이 관계 때문에 하사키한테 인정받지 못하고 있으니까, 예전에 토우카랑 무슨 일이 있었던 건지 신경이 쓰였거든. ……말하고 싶지 않다면 무리해서 캐묻지는 않을게."

내가 그렇게 말하자 노골적인 불쾌감은 사라졌다.

"어, 아……. 신경 쓰인다는 게 그런 거였군요~."

라고 조금 안심한 듯한 표정을 지었다.

"그럼 뭐라고 생각했는데?"

내 말에 토우카는 작게 한숨을 쉬며 말없이 어깨를 으쓱했다.

그 태도에 나는 약간이지만 신경이 곤두섰다.

"뭐, 확실히 저랑 하사키 선배는……, 하사키 선배가 초등학교를 졸업하기 전 즈음까지는 사이가 좋았어요~."

"그 시기에 무슨 일이 있었던 거야?"

"있긴 했는데요~. ……그게 어떻게 생각해도 꼴사나운 이유라서요. 그다지 말하고 싶지 않아요~."

거북하다는 듯이 자기 머리카락 끝을 손가락으로 배배 꼬면서 토우카는 대답했다.

"그렇구나. ……그렇다면 물어보지 않을게."

"그래 준다면 저야 고맙죠~."

내가 말하자 토우카는 힘없이 웃었다.

궁금하긴 하지만, 그게 토우카에게 떠올리기 싫은 기억이라면 무리해서 캐묻고 싶지는 않았다.

그리고 대화가 끝난 순간에 타이밍 좋게 '딩동댕동~' 소리가 들렸다. 점심시간 종료를 알리는 예비종이었다.

"교실로 돌아갈까."

"네, 그래요."

우리는 자리에서 일어나 시트를 정리하고 옥상을 뒤로했다.

그 후로 계단을 내려와 각자의 교실로 이동하려고 헤어질 때쯤, 갑자기 토우카가 내 교복 옷자락을 잡았다.

"맞다, 선배!"

"왜 그래?"

나는 고개를 돌려 토우카에게 물었다.

"잊지 않게 말해 두려고요. 다음 주부터 시험 기간이잖아요."

저번에도 잠깐 얘기가 나왔는데, 1년의 첫 정기고사가 코앞까지 다가왔다.

"그렇지. 그런데 그게 왜?"

내가 무덤덤하게 묻자 조금 발끈한 듯한 토우카.

"왜냐뇨! 함께 중간고사 공부를 할 거니까, 꼭 시간 비워 두라구요. 아셨죠?"

"……아니, 함께 공부한다고 해봐야 1학년이랑 2학년은 범위가 완전히 다르잖아."

"그럼 2학년 선배가 1학년인 저한테 공부를 가르쳐주세요♡"

"토우카, 너는 전교 1등인 데다 학생회 스터디 이벤트에서 기출문제도 받았으니 문제없잖아? 게다가 네 입으로 배울 건 아무것도 없다고 말해 놓고서?"

내 말을 듣고 토우카는 관자놀이 근처에 핏대를 세웠다.

"선배? 우리는 사귀는 사이잖아요?"

위협적인 토우카의 말투에 나는 '가짜지만'이라는 말은 꾹 삼키고 고개를 끄덕였다.

"연인 사이에 만나서 공부 하는데 꼭 공부를 해야 한다는 법은 없거든요?"

"……그게 뭐야, 철학 같은 건가?"

토우카의 말은 나에게는 차원이 달라도 너무 다른 이야기라서 의미조차 파악할 수 없었다.

하지만 토우카는 말없이 내 말을 기다리고 있었다.

"알았어. 어차피 집에서 공부할 생각이었으니까 스케줄

같은 건 원래 없었어.”

내 대답을 듣고 토우카는 화사하게 웃었다.

“아자~! 그럼 기대할 테니까요! 자세한 건 나중에 다시 얘기해요♡”

그렇게 말하고 나서, 토우카는 내 옷소매에서 손을 뗐다.

그러더니 나에게 가볍게 손을 흔들고는 자기 교실 쪽으로 갔다.

함께 공부하는 게 딱히 기대할 만한 일은 아닐 텐데…….

라고 생각한 후에.

누군가와 함께 공부할 기회가 이제까지 없었기 때문일까?

나도 토우카와 단둘이서 공부하는 시간을 조금이나마 기대하고 있다는 사실을 깨닫자…….

어쩐지 엄청나게 부끄러운 기분이 들었다.

# 3
## 상하관계

그리고 방과 후.

나는 토우카와 합류해 막 하교하려는 참이었다.

아마 마찬가지로 집으로 가려는 학생들이 소극적인 호기심의 시선을 보내고 있다.

그것도 어쩔 수 없으리라.

토우카는 화려한 외모와 전교 1등 성적, 그리고 발군의 사교성으로 이미 학교의 유명인이 되어 있었다.

그리고 스스로 말하기도 뭣하지만 나도 상당한 유명인이다.

눈매는 험악하고 얼굴은 무섭다. 말주변도 없다.

그 탓에 별 해괴한 소문이 돌아, 그 결과 나는 극악무도한 양아치로 오해받고 전교생이 두려워하는 대상이 되었다.

이런 시선을 받으면 토우카도 기분이 나빠지지 않을까 싶어 그녀를 보았지만.

평소와 전혀 다르지 않은 표정이었다.

아니, 오히려 조금 즐거워 보이기까지 했다.

이유가 뭘까 생각하다가, 토우카쯤 되는 미소녀라면 이 정도 시선은 익숙할 거라는 생각이 들었다.

……나는 아무리 시간이 지나도 '잘도 우리의 이케를…… 으드득'이라는 남학생들의 질투 어린 시선에 익숙해질 수 없지만.

"앗! 형님! 오늘도 고생 많으셨습니다!"

그런 생각을 하고 있자니 운동장에서 누군가가 나에게 말을 걸었다.

그쪽으로 고개를 돌려보니 웬 빡빡머리 하나가 이쪽을 향해 부리나케 뛰어오고 있었다.

그 빡빡머리는 카이 렛카.

축구부 소속인 1학년으로, 나와 크게 싸운 일을 계기로 서로를 이해하게 된 후배다.

나는 걸음을 멈추고 카이가 오기를 기다렸지만,

"선배? 왜 멈추는 거예요? 빨리 집에 가야죠?"

토우카가 무표정하게 말했다.

"조금 정도는 대화해도 괜찮잖아?"

"저는 조금도 대화하고 싶지 않은데요?"

내 말에 이번에는 분명하게 기분 나쁘다는 태도로 그렇게 대꾸했다.

토우카는 카이를 싫어한다.

그건 어쩔 수 없다.

게다가 그녀가 카이를 싫어하는 건 어떤 면에서는 나를 위해서이기도 하기에 어느 정도 고마운 마음도 있다.

"고생하셨습다, 형님! 하교하십니까?"

하지만 토우카의 저항도 허무하게 카이는 우리 앞까지 도착했다.

"그래, 이제 가려고. 그리고 난 형님이 아니라 토모키다."

"네, 형님!"

단정한 얼굴로 상쾌하게 웃는 카이. 기세 좋은 대답과는 정반대로 내가 한 말이 조금도 들리지 않은 듯해서 놀랐다.

그리고 머리를 빡빡 밀어도 잘생긴 녀석은 잘생겨 보인다는 사실에 감탄했다.

"으엑, 토모키 좀 봐. 1학년한테 자기를 '형님'이라고 부르게 하고 있는 거야?"

"우와~, 저 1학년 아이, 불쌍해~."

"그보다 저 카이 군이 빡빡머리를 한 것도, 토모키 탓인 것 같던데?"

"진짜로? 악마가 따로 없구나, 토모키 유우지……."

그런 생각을 하며 카이를 바라보던 내 귀에, 주변 학생들이 수군거리는 목소리가 들렸다.

……아니, 잠깐만.

지금 대화를 제대로 들었다면 그렇게 생각할 수 없지 않아?

"저기, 카이 군. 잠깐 괜찮을까?"

그러자 옆에 있던 토우카가 카이에게 말을 걸었다.

"아, 토우카도 있었구나. 수고했어, 지금 집에 가는 거야?"

카이는 옆에 있는 토우카를 보고 말을 걸었다.

"……저기, 네가 유우지 선배를 '형님'이라고 부르면 다른 사람들이 색안경을 끼고 본단 말이야. 넌 그런 것도 몰라? 선배를 존경하거나 마음에 두는 건 짜증은 나지만 큰 문제는 아니야. ……하지만 또 내 남자친구한테 피해를 줄 생각이라면…… 진지하게 좀 꺼져줬으면 좋겠는데?"

카이는 토우카의 말을 듣더니 입을 다물고 주위의 목소리에 귀를 기울였다.

지금도 나에 대해 수군거리는 나쁜 말들을 듣고 그는 한순간 발끈한 표정으로 주위를 노려보다가, 곧바로 자기 행동을 창피하게 느꼈는지 고개를 숙였다.

그리고 나서 나와 토우카의 눈을 보았다.

한 번 심호흡을 하고 카이는 입을 열었다.

"자중하겠습니다. 죄송합니다, 토모키 선배. ……그리고 토우카도. 미안해. 말해주지 않았다면 몰랐을 거야. 고마워."

카이는 나와 토우카를 향해 고개를 숙였다.

얼마 전까지의 카이였다면 남의 말에 귀를 기울이지 않고 자신이 옳다고 생각한 일을 무작정 밀어붙였겠지만, 지금은 이렇게 잘못을 인정하고 사과할 수 있게 되었다.

그건 정말 훌륭한 일이라고, 나는 생각했다.

토우카는 어떤가 싶어 살펴보니, 짜증난다는 표정으로 혀를 차고 있었다.

이렇게 순순히 수긍하면 토우카도 당황할 수밖에 없겠지.

"그래도 하나만 부탁드리고 싶은 게 있습니다."

고개를 든 카이는 그런 소리를 했다.

나는 말해 보라는 뜻으로 말없이 고개를 끄덕였다.

"……둘만 있을 때는 '형님'이라고 불러도 괜찮을까요?"

뺨을 붉게 물들이고, 부끄러운 듯이 카이는 그렇게 속삭였다.

바로 며칠 전까지 나에게 품은 감정은 증오나 분노, 공포밖에 없었을 텐데.

지금은 이렇게까지 나를 생각해 주는 건가.

……나는 그게 순수하게 기뻤다.

"마음대로 해."

내가 대답하자 카이는 활짝 웃으며 말했다.

"네, 고맙습니다, 토모키 선배!"

"그래. 그럼 우리는 간다. 카이는 부활동 열심히 하고."

"네! 그럼 실례하겠습니다! 두 분 다 조심해서 하교하세요!"

카이는 고개를 숙여 인사한 후에 운동장으로 돌아갔다.

나를 이렇게까지 호의적으로 대해 주는 후배라면――

옆에 있는 토우카를 흘끔 보았다.

"……왜 그러세요?"

"아니, 아무것도 아냐."

내 시선을 눈치챈 토우카가 이상하다는 듯이 고개를 갸웃거렸다.

'나를 호의적으로 대해주는 후배는, 토우카를 제외하면 카이가 처음이라는 생각이 들어서'라고 말한다면 분명 불쾌해하며 '저딴 거랑 똑같이 취급하지 말아 줄래요?'라고 말하겠지.

그런 생각을 하면서 카이의 뒷모습을 바라보고 있자니,

"저 빌어먹을 얀데레 빡빡이……. 어디서 내 선배한테 꼬리를 치고 있어, 가만 놔둘 줄 알고?"

토우카가 중얼거리는 목소리가 귀에 들어왔다.

"아니, 전에도 말했지만 아마 그런 건 아닐 거야."

내가 어이없다는 듯이 대답하자, 토우카는 이쪽을 날카롭게 노려보았다.

나는 그녀의 시선을 가만히 받아냈다.

몇 초쯤 서로를 바라보다가…… 토우카가 뺨을 붉히고 시선을 피했다.

그러더니 불만스러운 표정을 지으며 한숨을 푹 내쉬었다.

"……이것만은 제가 신경 써서 처리하지 않으면 안 될 것 같네요."

"걱정하지 않아도 카이 문제로 이 이상 귀찮은 일은 안 일어날 거라고 생각하는데."

내가 토우카에게 그렇게 말한 순간…….

"토모키 군. 그리고 이케 양……. 카이 군에 관해서 조금 할 얘기가 있는데. 시간 괜찮니?"

등 뒤에서 제삼자의 목소리가 들렸다.

나와 토우카는 동시에 그 목소리가 들린 쪽으로 고개를 돌렸다.

거기에 있는 사람은, 미인 여교사 마키리 치아키 선생님.

냉정하고 엄격한 표정을 짓는 그녀를 보고——.

"이것 보라구요, 걔 때문에 귀찮은 일이 벌어질 것 같은데요?"

어째서인지, 어딘가 즐거운 듯이 장난스러운 표정을 지으면서.

토우카는 그렇게 말하는 것이었다.

☆ ☆ ☆

그 후로 나와 토우카는 마키리 선생님을 따라 학생지도실로 이동했다.

"앉으렴."

여전히 엄한 표정으로 마키리 선생님은 나와 토우카에게 앉으라고 재촉했다.

토우카는 그 말대로 파이프 의자에 앉았다.

한편 나는 마키리 선생님의 표정을 살폈다.

올해 2년 차인 젊고 아름다운 여선생님이다.

지금처럼 무뚝뚝한 표정을 지을 때가 많고 실제로도 학생들을 엄하게 대할 때가 많은 선생님이지만, 그래도 남몰래 그녀를 동경하는 남학생들도 많다고 한다.

"토모키 군, 빨리 앉도록 해."

엄한 목소리로 그렇게 말하기에 나도 의자에 앉았다.

그러자 마키리 선생님은 나와 토우카를 번갈아 보았다.

토우카는 태연하게 그 시선을 흘려보냈지만, 나는 똑바로 받아들였다.

"······어째서 너희가 카이 군 때문에 불려 왔는지, 알고 있니?"

선생님이 우리에게 질문했다.

"전~혀 모르겠습니다! 아무것도 잘못한 게 없는데 어째서 학생 지도실로 끌려와야 하는 거죠?"

토우카는 노골적으로 불만스러운 표정으로 말했다.

이런 예의 없는 말투는, 마키리 선생님도 화를 내지 않을까?

그렇게 생각했지만,

"토모키 군. 너는 짐작 가는 일 없니?"

토우카에게 아무 꾸중도 하지 않고 나에게 물었다.

선생님의 진지한 눈빛에 나는 대충 짐작을 하고 입을 열었다.

"카이가 변한 이유…… 때문에 그러시는 거죠?"

"그래. 카이 군은 골든위크 전과 후가 너무 달라졌어. 외모로 말하자면 삭발한 머리가 그렇고…… 그리고 무엇보다 토모키 군, 너에 대한 태도가 변했지."

마키리 선생님의 말에 토우카는 짜증이 나는지 보란 듯이 한숨을 쉬었다.

카이 때문에 설교 당할 것 같은 분위기가 싫은 모양이다.

"그 아이에 대해서는 나도 아직 잘 몰라. 하지만 그렇게 외모에도 신경을 쓰던 아이가 갑자기 별다른 이유도 없이 삭발할 거라고는 생각하기 힘들어. 게다가 내가 알기로는 토모키 군하고도 그렇게 친하지 않았을 거야. ……이 두 가지 변화를 묶어서 생각하는 게 이상한 일일까?"

이상한 일은 아니다, 라고 스스로도 생각한다.

아까 다른 학생들의 수군거림처럼 내가 카이를 부하로 삼고 삭발을 강요했다는 식으로 받아들여지는 것도 이해가 간다.

……하지만 마키리 선생님이 그런 생각을 하는 사람은 아닐 거다.

분명 이대로는 선생님들 사이에서도 소문이 돌 테니, 성가신 일이 생기기 전에 미리 사정을 파악해 두려는 거겠지.

지금도 엄한 표정을 짓고 있지만, 분명 화가 나서가 아니라 걱정이 될 뿐인 것이다.

……어찌 되었든 간에 지난 1년 동안 나는 이 사람에게 케어를 받았으니까.

"죄송합니다, 말씀드릴 수 없어요."

하지만 그렇다 해도 이번에는 말할 수 없다.

이야기하면 어떻게 될 것인가.

분명 나는 카이를 때린 일로 처벌을 받게 될 것이다.

그뿐 아니라 싸움 도중에 카이가 나이프를 꺼내든 일까지 문제가 될지 모른다.

마키리 선생님은 훌륭한 교육자라고 생각한다.

그렇기 때문에, 그런 사정을 알게 되면 틀림없이 나와 카이 둘 다에게 상응하는 처벌을 내릴 것이다.

하지만 나는 마키리 선생님께 거짓말로 적당히 둘러대고 싶지는 않다.

그래서 선생님의 질문에 아무런 대답도 할 수 없었다.

"……그렇구나."

마키리 선생님은 내 말을 듣고 천천히 고개를 끄덕였다.

그리고는 입을 열었다.

"사정은 대충 짐작이 가. ……긍정도 부정도 딱히 하지 않아도 돼. 너희와 카이 군 사이에는 무슨 일이 있었다. 하지만 '너희는 잘못한 게 없다'. 그리고 '무슨 일이 있었는지는 말할 수 없다'는 거지? 하지만 그 문제는 해결했고 카이 군과도 양호한 관계를 구축했지. ……그렇다면 이제 와서 내가 너희를 위해 할 수 있는 일은 없을 것 같네."

마키리 선생님은 거기까지 말하고 후우, 하고 짧게 한숨을 내쉬었다.

나와 토우카의 말을 듣고 어렴풋하게나마 사정을 알아준 것 같다.

게다가 이 이상 추궁하지 않는다고 하니.

나는 순수하게 고맙다고 생각했지만…… 토우카는 달랐던 모양이다.

놀란 듯한 표정으로 그녀는 마키리 선생님에게 쏟아내

듯 말했다.

"엥? 아니, 선생님? 대체 무슨 말씀이세요? 어째서 지금 들은 이야기만으로 그렇구나, 하고 넘어가시는 건데요?"

"……확실히 자세한 사정도 듣지 않고 이렇게 판단하는 건 무책임한 행동일지도 모르지. 하지만 이케. 네가 잘못한 게 없다고 말한다면 나는 그 말을 믿고 싶어. 토모키 군이 사정을 말할 수 없다면 억지로 캐묻지는 않겠어. 이번 건에서는 나는 너희를 믿고 싶어……. 그야 카이 군도 너희와 대화할 때 밝게 웃고 있었으니까. 당사자들은 문제가 남지 않았는데 제삼자가 참견하고 싶지는 않아."

마키리 선생님은 토우카를 바라보며 진지하게 말했다.

토우카도 그 박력에 압도되어 아무 대꾸도 하지 못했다.

"단, 내 눈이 흐려졌을 뿐이고 사실은 아무것도 해결되지 않았다면…… 그건 분명 내가 태만한 탓이겠지."

조금 자조하듯 마키리 선생님은 그렇게 말했다.

……나는 그 표정을 보고 저도 모르게 흥분했다.

"그럴 일은 없어요. ……절대로 선생님의 신뢰를 배신하지 않는다고 약속하겠습니다."

"그렇게 해준다면 나도 정말 기쁠 것 같구나."

한 차례 한숨을 내쉬고, 마키리 선생님은 말을 이었다.

"그리고 하고 싶은 말이 하나 더 있어. 이번에는 별 탈

없이 해결되었을지 모르지만 앞으로 너희의 힘만으로는 해결할 수 없다는 생각이 드는…… 그런 일이 생겼을 땐 뭐든 괜찮으니 곧바로 나한테 상담해 줘."

다시 엄한 표정을 지으면서, 나에게 똑바로 시선을 보내며 마키리 선생님은 말했다.

……나는 처음에 마키리 선생님이 화를 내는 건 아니라고 생각했다.

하지만 어쩌면.

트러블이 생겼는데도 아무런 상담도 하지 않은 우리에게 선생님은 화를 내고 있었던 모르겠다.

그렇게 생각하니 나는 어쩐지 죄송스럽고.

한편으로는 기뻐지기도 해서.

"넵."

이라는 짧은 대답밖에 할 수 없었다.

옆에 앉은 토우카도 얌전하게 '……네'라고 대답했다.

"시간을 너무 빼앗았네. 그럼 둘 다 돌아가도 돼. 수업도 다 끝났는데 붙잡아서 미안해."

마키리 선생님은 그렇게 말하고 자리에서 일어섰다.

그리고 방금 전의 엄한 표정은 사라지고 이번에는 정말로 따뜻하게 웃으며 말했다.

"둘 다 잘 가렴. 조심해서 하교하고."

☆　☆　☆

"나는 마키리 선생님이 말하면 이해 해주는 사람이라고 생각했는데. ……설마, 말하지 않아도 이해 해줄 줄은 몰랐어. 정말 놀랐네."

그리고 역을 향해 걸으면서.

나는 옆에서 걷는 토우카에게 그렇게 말했다.

하지만 토우카는 이쪽을 보기만 할 뿐 아무 대꾸도 하지 않았다.

그러기는커녕 어째서인지 원망스러운 시선을 보냈다.

"왜 그래?"

"확실히 저도 마키리 선생님은 좋은 사람이라고 생각해요. 엄하기만 한 게 아니라 상냥한 면도 있고, 우리가 하는 말을 제대로 믿어주시고요. 하지만……."

"하지만?"

토우카는 그때부터 짜증을 숨기지 않고 말했다.

"유우지 선배……, 마키리 선생님을 너무 좋아하는 거 아니에요?!"

"나는 마키리 선생님을 존경하고 있으니까. 싫어할 리가 없잖아."

"……그런 게 아니라요. 그보다 마키리 선생님도 선배를 지나치게 믿는다고요."

불만스러운 듯이 토우카가 중얼거렸다.

……응?

혹시, 토우카는 내가 마키리 선생님을 이성으로 좋아하는지도 모른다고 의심하는 건가?

그래서 이 가짜 연인 관계가 깨지면 곤란하다는 생각이라도 드는 건가?

아니, 그건 아니려나.

아무리 그래도 나 따위가 마키리 선생님 같은 연상의 미인과 그런 묘한 관계가 된다는 건 말이 안 된다.

그 정도는 토우카도 알 텐데.

그렇다면 대체 뭐가 짜증 나는 걸까 생각했지만…… 모르겠다.

단순히 학생 지도실에 불려간 게 싫었던 걸지도 모르겠다.

"딱히, 나쁜 일은 아니잖아?"

나는 크게 의식하지 않고 그렇게 말했다.

그러자 토우카는 절망스러운 표정으로 혼잣말을 중얼거리기 시작했다.

"……아직은 괜찮은 것 같지만, 어쩌면 마키리 선생님은 조만간 상당한 강적이 될지도…….”

"아니, 어째서 그렇게 되는 거야? 마키리 선생님은 우리 편이라고.”

그냥 넘길 수 없는 말이 들려 나는 반론했다.

그렇게나 학생을 생각해주시는 마키리 선생님을, 농담으로라도 적이라고 말하는 건 듣고 싶지 않았기 때문이다.

내 말을 들은 토우카는 발끈한 표정으로 말없이 옆구리를 퍽퍽 때려댔다.

……왜 내가 이런 부조리한 공격을 받아야 하지?

토우카도 어느 정도 힘 조절을 하고 있을 테고 어차피 이런 연약한 여자아이가 때려 봐야 아프지도 않지만, 그래도 왠지 간지러우니까 그만하면 좋겠다고 생각하는데…….

결국, 역에 도착해 플랫폼에서 헤어질 때까지 토우카의 말 없는 공격은 계속 이어졌다.

# 4
## 고백?

다음 날 아침.

학교에 도착해 평소처럼 신발장을 열어 실내화로 갈아 신으려다가, 나는 그것을 발견했다.

"······이게 뭐지?"

신발장에 들어있던 건 편지 한 통. 앞뒤를 확인해 봐도, 보낸 사람의 이름은 적혀 있지 않았다.

나는 그 수수한 봉투를 꺼내어 곧바로 열어 보았다.

'점심시간에, 체육관 뒤쪽으로 와 주세요.'

편지를 읽어보니 예쁘지만 동글동글한 글씨로 그런 문장이 쓰여 있었다.

······악취미적인 장난이겠지.

어느 쪽이든 달가운 일은 아니다.

이런 누가 보냈는지 알 수 없는 편지는 이제까지 몇 번이나 받아보았다.

하지만 패거리가 기다리고 있거나 아무도 안 와 멍하니 기다리다 끝나는 식이라, 기본적으로 좋은 일은 한 번도 없었다.

　이런 건 무시가 답이다.

　나는 그렇게 생각하면서 편지를 가방에 대충 욱여넣고, 실내화로 갈아 신은 후에 교실로 이동했다.

　내가 교실에 들어가자 한순간 공기가 얼어붙었다.

　하지만 그것도 내가 자리로 가는 잠깐뿐, 교실 안에선 금세 떠드는 소리가 돌아왔다.

　작년에는 내가 있다는 이유만으로 교실이 장례식장으로 변한 듯 고요했는데 이 교실은 그러지 않는 것만으로도 감지덕지다.

　내가 자리에 앉자,

　"좋은 아침이야, 유우지."

　라고 말을 거는 사람이 있었다.

　"오, 안녕."

　내가 대답하자 그 녀석은 상쾌한 웃음을 지었다.

　이케 하루마.

　문무겸비, 용모단정. 수많은 학생과 교사들에게서 인망을 얻은 이 학교의 슈퍼 학생회장.

　······그뿐 아니라 이 세계의 주인공이라고도 할 수 있는 남자이고, 얼마 없는 내 친구이기도 하다.

　고1 때는 나와 대화를 하는 동급생은 이 이케뿐이었지만······.

"좋은 아침이야, 토모키."

지금은 다르다.

이케와 함께 나에게 인사한 사람은 배구부 부원인 아사쿠라 요시토.

학생회에서 주최하는 스터디 이벤트를 통해 아사쿠라는 나에게 갖고 있던 오해나 편견을 풀고 이렇게 평범하게 대화하는 관계가 되었다.

"안녕."

아사쿠라에게도 짧게 인사를 했다.

"……음, 왜 그래, 유우지? 오늘은 조금 기분이 언짢아 보이는데."

놀랍게도 이케는 나에게 그런 말을 했다.

큰일이다, 얼굴에 드러났나? 라고 생각했지만,

"어, 그래? 딱히 평소랑 다른 거 없어 보이는데?"

아사쿠라의 말을 듣고 이케가 유난히 예리할 뿐이라는 걸 알았다.

"조금 일이 있어서."

내 기분이 나쁜 데엔 두 가지 이유가 있다.

하나는 아까의 편지.

무시하겠다고 결정했지만, 예전 기억들이 떠오르는 탓에 기분이 좋을 수는 없다.

그리고 또 하나의 이유는…….

나는 교실에 있는 어느 인물을 흘끔 보았다. 거기에 있는 여학생은 내 시선을 깨닫고 슬쩍 시선을 피했다.

그 여학생——하사키가, 오늘은 유난히 노골적으로 나를 응시하고 있었다.

평소에도 나에게 시선을 보내는 일은 많았지만, 오늘만큼 대놓고 노려보는 일은 이제까지 없었다.

그녀가 나에게 보내는 게 적의만은 아니라는 건 알지만, 그래도 조금 신경이 곤두서는 건 어쩔 수 없다.

"신발장 안에, 편지가 들어 있었거든."

하사키와 이케에게 하사키에 대한 말은 하지 않고, 나는 가방에서 신발장에 들어있던 편지를 꺼내 건네주었다.

옆에서 그것을 엿본 아사쿠라가 수상하다는 듯이 말했다.

"……보낸 사람도 안 쓰여 있네, 장난 아닐까?"

"나도 동감이야. 이런 건 무시해야지."

내가 말하자, '그래, 신경 안 쓰는 게 좋을 것 같아~'라고 격려해 주었다.

같은 반 학생과 이런 가벼운 대화를 나누고 있다는 생각에 나는 조금 기뻐졌다.

하지만 이케는 그 편지를 보더니 '이 글씨는……'이라고 중얼거리고, 교실 구석으로 시선을 보냈다.

나도 이케가 시선을 보낸 방향을 보았다.

……하지만 그 시선을 쫓아가보니 이쪽을 가만히 바라

보던 하사키와 눈이 마주쳤다.

그래서 나는 어쩔 수 없이 시선을 돌렸지만, 이케는 대체 뭘, ……혹은 누구를 본 것일까?

"아~, 유우지. 미안한데 이걸 누가 보냈는지 내가 말할 수는 없지만, 그래도 가주지 않을래?"

의외로 이케가 그런 소리를 했다. 눈빛에는 그 누군지 모를 상대에 대한 동정심이 엿보였다.

남 챙겨주기 좋아하는 그가 이런 표정을 짓는다면. 그 상대는 말뜻 그대로 나쁜 상대는 아닐 것이다.

그 이전에, '주인공'인 이케가 이렇게까지 말한다면 확실히 문제는 없겠지.

"그래, 알았어."

"……고마워."

옆에서 보던 아사쿠라는,

"이케. 너 이 편지 누가 썼는지 알아?"

조금 의심스럽다는 듯이 이케에게 물었다.

"뭐, 그렇지. ……나쁜 애는 아니야."

"이케가 그렇게 말한다면 괜찮으려나."

아사쿠라도 누군가까지는 묻지 않았지만, 이케가 하는 말이라 안심한 듯했다.

그때 수업 종이 울리고 담임 선생님이 교실로 들어왔다. 이케와 아사쿠라는 재빨리 자기 자리로 돌아가고 조례가 시작되었다.


☆　☆　☆


　1교시가 끝나고 일단 토우카에게 연락을 해둬야겠다 싶어 [오늘 점심시간에는 일이 생겼으니까 점심은 반 친구들이랑 먹어]라고 메시지를 보냈다.

　주머니에 스마트폰을 넣으려는 차에, 곧바로 토우카에게서 답신이 왔다.

　신경질적인 표정의 캐릭터가 '뭐라고?'라면서 화내는 표정을 짓는 스탬프가 날아왔다.

　그리고 곧바로,

　[뭐라고요? 엄청 싫은데요? 저는 선배랑 점심을 먹을 생각이었는데요?]

　라는 메시지가 날아왔다.

　……내가 멋대로 점심 약속을 잡아서 화내는 걸까?

　아무리 나를 남자 쫓는 부적으로 이용한다고 해도, 하루쯤은 따로 점심을 먹어도 별다른 문제는 없을 텐데.

　같은 반 학생들과 점심을 먹는 것도 인기가 많은 토우카에겐 피곤한 일일지 모르지만, 그래도 나한테만 붙어 다니지 말고 동급생과도 교류하는 편이 좋을 텐데.

　……라고 생각은 했지만, 나처럼 친구도 없고 의사소통

능력이 바닥을 치는 인간이 말해봐야 괜한 참견일 뿐이다.

[미안해.]

내가 답장을 보내자, 이번에도 순식간에 아까와 같은 캐릭터가 말없이 슬픈 표정을 짓고 있는 스탬프가 날아왔다.

……답하기 힘드네.

어떻게 답할까 망설이고 있자, 다시 토우카에게서 메시지가 날아왔다.

[점심시간에 옥상에서 기다리고 있을게요. 볼일 끝나면 빨리 와주세요!]

라는 메시지가 왔다.

그 메시지를 보니, 이러니저러니 해도 나와 함께 있는 걸 싫어하지 않는 토우카에게 고마운 마음이 들었다.

[알았어.]

나는 스마트폰을 조작해, 그렇게 한마디만 보냈다.

☆ ☆ ☆

그리고 점심시간이 되었다.

편지에 쓰인 대로 체육관 뒤편으로 향하려는 나를…….

"유우지!"

이케가 불러 세웠다.

무슨 일인지 의아해하며 그 자리에 멈춰 섰다.

내 옆으로 걸어온 이케가 어딘지 면목 없다는 듯한 표정을 지으며,

"괜찮을 거라고는 생각하지만, 만약에 말야, 만약에 성가신 일이 생긴다면…… 그때는 곧바로 나한테 연락해 줘."

라고 말했다.

"오케이, 그렇게 할게."

걱정해 주는 모양이다.

그 마음이 기쁘다.

"그럼 다녀올게."

내가 그렇게 말하고 등을 돌리자,

"그래."

이케가 마음 든든한 목소리가 귀에 들어왔다.

☆　☆　☆

"갑자기 불러내서 미안해."

체육관 뒤쪽으로 도착한 나를 기다리던 사람은, 하사키 카나였다.

평소와 다르게 진지한 표정으로 입을 여는 그녀에게 나

는 조용히 고개를 끄덕이고, 다음 할 말을 기다렸…….

　……는데.

　그녀는 그 말을 끝으로 아무 말도 하지 않았다.

　절박한 표정을 보고 혹시 고백이라도 받게 되는 걸까…… 하고 한순간 생각했지만, 금세 바보 같은 망상이라며 부정했다.

　잠시 계속된 정적을 깬 말은…….


　"미안해! ……친구부터 시작했으면 좋겠어!"


　필사적인 표정으로 하사키는 그렇게 말했다.

　나는 너무 놀라 동요를 감추지 못했다.

　나를 불러낸 인물이 하사키라는 사실 자체가 놀라웠다.

　그리고 불러낸 이유라는 게, 고백도 하지 않은 나에게 거절 멘트를 날리기 위해서라는 게 예상 밖이라고 할까…… 한 단어로 정리하면 의미불명이었기 때문이다.

　"……엥?"

　나는 어안이 벙벙한 채로, 한마디.

　그러자 하사키는 겁에 질린 표정으로 눈을 꽉 감았다.

　"……하사키."

　"아, 응……."

　내가 부르자 하사키는 힘없이 대답했다.

그런 그녀에게 나는 스트레이트하게 물었다.

"나 말야, 지금 왜 너한테 차인 거지?"

하사키는 내 말을 듣고,

"어?"

라고 중얼거리며 고개를 갸웃거렸다.

"응?"

그 반응이 무슨 의미인지 모르겠어서 내 입에서도 저도 모르게 낮은 신음소리가 나왔다.

서로 석연치 않은 표정으로 고개를 갸웃거리다가……, 하사키가 중얼거리기 시작했다.

"차였다고? ……어? 토모키 군이, 나한테? 나는 그냥 이제까지 있었던 일을 사과하고, 친구부터 다시 시작하자고……."

거기까지 말하고 뭔가 깨달았는지 당황한 표정으로,

"……어, 어라? 혹시 나, 지금…… 어, 어어?! 뭐라고?!"

이제까지 본 적이 없을 정도로 허둥거리고 있었다.

"저기……, 하사키?"

"아니야, 그게 아니라! 그런 뜻으로 사과한 게 아니라, 나 토모키 군을 대하는 태도가 꽤 안 좋았잖아? 그러니까, 저번에도 사과했지만, 다시 한번 말하고 싶어져서. 그래서…… 그래서! 아무튼 나는 고백도 안 받았는데 남자애를 찰 만큼 자의식과잉은 아냐!"

하사키가 당장이라도 울음을 터뜨릴 듯한 얼굴로 흥분해서 그렇게 말하고 있었다.

딱히 차인 건 아닌 건가?

"그렇다면, '친구부터 시작해 줘'라는 건 무슨 뜻이야?"

"으, 으음…… 말뜻 그대로, 이긴 한데."

엄청나게 위축된 표정으로 하사키는 그렇게 말했다.

"왜 나랑 친구가 되고 싶은 거야? 그것도 모르겠어."

내가 묻자 부자연스럽게 시선을 헤매는 하사키.

이 반응은, 뭔가 변명이라도 생각하고 있는 걸지도 모른다.

"사실은, 훨씬 전부터 친구가 되고 싶다고 생각해서……."

"아니, 그건 거짓말이지. 언제나 새빨갛게 달아오른 얼굴로 노려보던 건 나도 알고 있었어. 하사키, 나를 그다지 좋게 생각하지 않잖아?"

내가 지적하자 그녀는 얼굴이 새빨개졌다.

정곡을 찔려 부끄러워진 것이다.

"어, 어어?! 알고 있었구나?!?! ……아니! 그런데 딱히 노려보진 않았어! ……얼굴이 새빨갰던 건 아마 맞을 테지만."

우물쭈물하면서 하사키는 말했다.

"그럼 나를 왜 보고 있었던 거야?"

"그건…… 그게."

머뭇거리는 하사키.

하지만 몇 초쯤 생각한 후에 하사키는 자포자기한 듯이 말했다.


"노려본 게 아니라! 토모키 군처럼 멋진 남자를 보다 보니까……, 그만 부끄러워져서 그랬던 거야!"


……나는 그 말에 놀라움을 감추지 못했다.

……거짓말이 서투르다고 할까.

너무 건성이야!

평소에 미남의 정점에 군림하는 이케와 즐겁게 대화를 나누는 하사키가 내 극악한 면상을 보고 부끄러움을 느낄리가 없다.

이 녀석은 왜 갑자기 나를 칭찬하는 거지……?

그렇게 생각하다가 한 가지 가능성이 떠올랐다.

……이건 '토우카의 연인'으로서의 이용가치다.

흘끔흘끔 내 반응을 살피는 하사키를 본다.

아마 그녀는 지금 나에게 거짓말이 들키지 않았나 하고 안절부절못하고 있겠지.

……일부러 그 부분은 모른 척 넘어가기로 하고 그녀에

게 물었다.

"하사키. 그러고 보니 토우카랑은 좀 친해졌어?"

내 말에 하사키는 어색한 표정을 지었다.

그리고 눈을 내리깐 채로…….

"토우카쨩 하고는, 저번에 사과한 게 끝이야. 전혀 말을 걸어 주지 않아…….”

라고 자조하듯 힘없이 웃었다.

——역시, 예상대로다.

하사키가 나에게 접촉한 이유를 이제야 알 것 같았다.

이제까지 있었던 일을 사과하고 나에게 친구가 되어 달라고 말한 것도 그렇고.

좋게 보지 않던 나를 어설픈 거짓말까지 해가며 추켜세우는 것도 그렇고.

전부 다 어떤 목적을 달성하기 위해 나를 이용하려는 것이다.

"갑자기 토우카쨩 이야기는…… 왜 꺼내는 거야?"

어딘가 겁에 질린 표정으로, 그녀는 나에게 물었다.

그녀가 나와 접촉한 목적—— 이케 토우카와 화해하는 데에 나를 이용하려는 계획을 들키지는 않았는지 초조해하는 거겠지.

"아! 맞다!"

하사키는 갑자기 뭔가를 떠올린 것처럼 손뼉을 쳤다.

그리고 말을 계속했다.

"만약, 토모키 군이 괜찮다면, 말인데……."

학교의 아이돌이자 이 세계의 주인공인 이케 하루마의 소꿉친구, 하사키 카나.

천진난만하고 귀여운 대외적인 얼굴과 함께.

남들이 모르는 약삭빠르고 계산적인 얼굴도 숨기고 있을 그녀는…….

"나랑 친구가 되어서, 토우카쨩이랑 관계가 개선되는 걸 도와준다면. ……정말 기쁠 것 같아."

필사적인 표정으로 나를 올려다보며 말했다.

뭔가 지적당하기 전에 이야기를 진행 시키고 싶었는지도 모른다.

"안…… 될까?"

아무 말 하지 않는 나에게, 불안한 듯이 하사키가 물었다. 하지만 나는 곧바로 대답할 수는 없었다.

하사키와 토우카가, 어떤 관계였는지.

토우카가 말하기로는 하사키 선배가 초등학교를 졸업하기 전까지는 사이가 좋았다고 한다.

하사키는 대체 어떻게 인식하고 있는지, 나는 그게 신경이 쓰였다.

"두 사람은 원래는 사이가 좋았지?"

내 말에 하사키는 그리운 표정으로 고개를 끄덕였다.

"응. 집이 가까워서 자주 함께 놀았어. 물론 하루마도 그때부터 친했지만, 토우카는 같은 여자끼리라서 특히 사이가 좋았거든. 나도 여동생처럼 귀여워했고, 토우카쨩도 예전엔 나를 카나 언니라고 불렀어!"

카나 언니.

그 입이 험하고 건방진 토우카에게 그런 시절이 있었다는 거가.

내 상상력이 빈곤해서인지 도무지 상상할 수 없었다.

"……내가 중학교에 올라가기 전까지의 이야기지만."

아까까지의 상냥한 표정은 사라지고, 하사키는 쓸쓸한 표정을 지었다.

일단 토우카도 예전에는 사이가 좋았다고 말했으니 하사키가 하는 말이 틀리지는 않을 것이다.

"……뭔가 사이가 틀어진 계기가 있었던 거야?"

내 말에 하사키는 곧바로 대답할 수는 없는 듯했다.

그녀가 입을 열 때까지 나는 잠시 기다렸다.

"……토우카쨩한테 얘기 들은 거 없어?"

잠시 말을 못 하고 어물거리다가, 하사키는 나에게 그렇게 물었다.

"아니, 사이가 멀어졌다는 이야기는 들었어도 그 외엔 전혀."

"그렇다면…… 내 쪽에서 토모키 군한테 자세한 얘기를

하지는 않을게. ……내가 말하는 건 왠지 좋은 행동이 아닌 것 같아."

곤란한 표정으로 나를 보면서, 그녀는 그렇게 말했다.

"화해하는 걸 도와달라고 해놓고서 사정은 설명할 수 없다니, 너무 제멋대로지만……."

"아니. 말하고 싶지 않다면 무리해서 물어보진 않을게. 신경 쓰지 마."

"……응, 고마워."

하사키가 힘없이 웃었다.

시기를 생각하면, 하사키가 지금 떠올린 것과 토우카가 말한 계기라는 건 아마 같은 일이겠지.

"그래도 하나만 물어볼게. 사이가 틀어진 원인을 알면서도, 이제까지 화해하려는 생각은 안 했어?"

"나도 처음에는 꽤 고집을 부렸거든. 화해를 하고 싶다는 마음이 들었을 때는 이미 어떻게 해야 할지 잘 모르겠더라. 하루마한테 중재를 부탁했지만, 그것도 잘 안 됐어. 그때쯤엔 하루마랑 토우카쨩도 사이가 나빠졌으니까 이상한 일도 아니지."

이 뒤틀린 관계는 꽤 성가신 구석이 있는 모양이었다.

어떻게든 하고 싶다고 생각하면서도, 어떻게 하면 좋을지 알 수가 없다.

그렇게 생각하는 동안, 하사키는 화해를 시도하지 못하

고 몇 년의 시간이 흘렀다.

……하지만 토우카가 고등학교에 입학하면서 상황이 바뀌었다.

그렇다, 그건 바로 내 존재.

이케가 사이에서 중재하는 건 무리였을지 몰라도, 토우카의 연인이 사이에 있다면 이야기가 다르다.

그렇게 생각하는 걸까?

하지만 아쉽게 되었는걸, 하사키.

나는 연인이긴 해도…… 가짜 연인이니까.

어느 정도는 신뢰 관계를 구축하고 있다고 자부하지만, 그래도 전폭적인 신뢰를 받고 있다고는 생각하지 않는다.

그러니까, 분명 하사키가 생각하는 만큼 일이 잘 풀리지는 않겠지.

……하지만.

승산이 아예 없는 것도 아니다.

"알았어, 하사키. 협력할게."

나는 얼마 전에 토우카에게도 하사키와의 관계에 대해 이야기를 들었다.

그때 토우카가 보였던 힘없는 웃음을 생각하면…….

어쩌면 그녀도 하사키와 마찬가지로 속으로는 화해를 원하는 건지도 모른다.

아마 이건 토우카에게는 쓸데없는 참견이겠지.

그렇다고 해도, 화해할 수 있다면.

마치 자매 같았던 두 사람으로 돌아갈 수 있다면.

나는 그 쓸데없는 참견을 해주고 싶다.

더는 그런 표정을 짓지 않아도 되게…….

"저, 정말로?!"

하사키는 기쁜 표정을 지으며 그렇게 말했다.

"그래, 거짓말은 아니야."

나는 고개를 끄덕이고 말을 이었다.

"나는 토우카가 웃어주면 좋겠거든."

쓸쓸한 웃음 보다는 화려한 웃음이 그 아이에겐 훨씬 잘 어울린다.

나는 그런 생각으로 말한 건데, 하사키는 어딘가 쇼크를 받은 표정을 지었다.

"……응? 왜 그래?"

어색하게 쓴웃음을 지은 후에,

"아냐, 촌스러운 소리를 하는구나……, 라고 생각했을 뿐이야."

자기 발끝만 쳐다보며 그녀는 말했다.

……꽤 신랄한걸. 이 녀석, 역시 나를 싫어하는 것 같은 데?

뒤집어서 생각하면, 싫어하는 사람까지 이용해서 화해 하기를 원한다니, 토우카는 엄청 사랑 받고 있구나.

"아, 아무튼. 우린 이제부터 친구야. 잘 부탁해, 토모키 군."

"그래, 잘 부탁해."

내가 대답하자 하사키는 천천히 스마트폰을 꺼냈다.

"……응?"

메신저 앱을 띄운 스마트폰을 내려다보고 있는데……, 대체 뭘 하려는 거지?

"응? 이라니! 연락처 교환해야지! 상담할 일이 잔뜩 있으니까!"

"그런 거였나, 알았어."

나도 스마트폰을 꺼내어 서로의 연락처를 교환했다.

참고로 동급생 여자아이의 연락처를 받는 건 이번이 처음이다.

"……그럼 또 연락할 테니까, 무시하지 말고 대답해 줘야 해?"

하지만.

괴로운 표정으로 스마트폰을 꽉 쥐고 말하는 하사키를 보니 마냥 기뻐할 수는 없다.

──그렇게 절박한 표정을 지을 정도로 마음속으로는 나랑 연락하기가 싫은가?

가볍게 쇼크를 받았지만 그래도 나는 대답했다.

"그래, 제대로 연락해 주면 나도 답장할게."

"응, 잘 부탁해!"

내 말에 하사키는 어딘지 안심한 듯한 표정을 지으며 말했다.

——이렇게 해서, 나와 하사키는 목적을 공유하는 친구 사이가 되었다.

# 5
## 두근두근

하사키와 체육관 뒤편에서 헤어지고 나서, 나는 옥상으로 향했다.

문을 열자 토우카가 시트 위에 앉아 따분하다는 듯이 스마트폰을 만지작거리는 모습이 보였다.

"미안해, 오래 기다렸지."

그런 그녀의 등에 대고 말을 걸었다.

내 목소리에 반응한 토우카는 기쁜 표정을 지으며 돌아보았다.

그리고 눈이 마주쳤다.

그러자 퍼뜩 놀란 듯한 표정을 지으며, 이번에는 토라진 듯이 입술을 삐죽 내밀었다.

"뭐예요, 너무 늦었잖아요!"

흥, 하고 고개를 돌리더니 토우카는 그대로 시트 위로 이동해 한 명이 앉을 공간을 마련했다.

그리고 손으로 자기 옆을 탁탁 두드렸다.

앉으라는 뜻인가, 나는 쓴웃음을 지으며 그 말에 따랐다.

"아~, 배고파~! 우리 빨리 먹어요!"

옆에 놓인 비닐봉지에서 토우카는 믹스샌드와 종이팩에 담긴 홍차를 꺼내며 말했다.

"뭐야, 기다려 줬구나. 먼저 먹었어도 괜찮은데."

"……혼자 먹으면 둘이서 먹는 것보다 섭취 칼로리가 많아진다는 글을 인터넷에서 봤거든요!"

"어차피 믹스샌드만 먹을 거라면 섭취 칼로리가 변하는 일은 없잖아."

토우카가 말한 기사는 외식 등을 할 때 누군가와 대화하면서 먹는 편이 과식을 막아주는 효과가 있다는 내용일 것이다.

먹는 양이 정해져 있다면 섭취 칼로리가 늘어날 수가 없다.

그런 건 토우카도 알고 있겠지.

"딴죽 걸어달라고 한 소리였어요!"

얼굴을 새빨갛게 물들이며, 토우카는 그렇게 말했다.

그러더니 토라진 표정으로 묵묵히 샌드위치를 먹기 시작했다.

나도 편의점에서 사온 빵을 꺼내어 먹기 시작했다.

첫 번째 빵을 다 먹은 타이밍에, 토우카가 나에게 물었다.

"그런데 볼일이란 게 뭐였어요? 오빠가 자기 일 도와달라고 하던가요?"

빨대에 입을 대고 홍차를 마시며 그렇게 묻는 토우카.

"아, 그게 아니라 하사키가 부르더라고."

내가 말하자 토우카는 '흐응~'이라고 흥미 없다는 듯이 맞장구를 친 후에,

"……어?! 하사키 선배가 대체 왜요?!"

놀란 표정으로 나에게 물었다.

하사키가 나를 탐탁지 않게 생각한다는 걸 알기 때문에 걱정해 주는 건지도 모른다.

설명을 해야겠다고 생각했지만…… 그녀가 토우카와 화해하고 싶어 한다고 솔직히 말해도 괜찮은 걸까?

……그다지 좋지 않다는 기분이 든다.

어떻게 대답해야 할지 고민하고 있자니,

"혹시…… 중요한 얘기, 였나요?"

토우카가 그렇게 조심스럽게 물었다.

"……중요한 얘기였어."

나는 고개를 끄덕였다.

토우카가 어떻게 생각할지는 모르지만, 하사키는 진지하게 화해를 생각하고 있으니 중요한 이야기인 게 당연하다.

"……그래서, 선배는 뭐라고 대답하셨나요?"

표정이 어두워지더니, 토우카는 공허한 눈을 나에게 향하며 물었다.

뭐지, 이 반응은?

"잘 부탁해, 라고 했지."

내가 대답하자, 토우카는 눈을 번쩍 뜨고서 괴로운 표정을 지으며 기세 좋게 일어섰다.

"서, 선배! ……여자친구인 제가 있는데도…… 하사키 선배랑 사귀겠다는 거예요?"

그 떨리는 목소리에 나는…….

"뭐? 아니, 어째서 그렇게 되는데? 사귀긴 누가?"

토우카의 언동을 이해할 수가 없어서 조금 혼란에 빠졌다.

내 대답에, 멍한 표정으로 '네?'라고 중얼거리는 토우카.

"……어디까지 말해야 좋을지 모르겠지만, 하사키가 나한테 상담할 게 있더라고. 그냥 그뿐이야."

내가 그렇게 대답하자, 토우카는 아직도 곤혹스러워하는 듯했지만 그래도 안심한 듯했다.

"그, 그랬군요. ……선배는 딱히 고백받거나 한 건 아니었네요."

그 말을 들은 후에야 나도 그렇구나 하고 깨달았다.

호출되어서 중요한 이야기를 들었다면, 그야 확실히 고백을 연상해도 이상할 건 없다.

그래서 내가 하사키의 고백을 받아들여, 이 '가짜' 연인 관계가 끝나는 걸 토우카는 두려워했다는 걸까.

토우카의 착각도 이해는 하지만……, 내가 하사키한테 불려나가 고백을 받는다 라고 생각하는 건 지나친 걱정이다.

"당연하지. 나같이 모두가 무서워하는 남자가 고백 같은 걸 받을 리 없잖아?"

슬픈 소리지만 나에게 여자친구가 생기는 이미지란 게 그려지지 않는다.

내 말을 들은 토우카는 안심한 표정을…… 짓는 대신,

"이번에는 아니라고 쳐도. 만약 나중에 누군가한테서 정말로 고백을 받는다면. ……선배는 어떻게 할 건가요?"

불안한 표정으로 그렇게 물었다.

"생각하는 것 자체가 허무한데, 너무 있을 수 없는 일이라."

"좀 제대로, 생각해 달라고요!"

토우카는 매달리는 시선으로 나를 바라보며, 그렇게 호소했다.

제대로 생각하라고 해도, 그런 망상은 해봐야 정신적으로 괴로워지기만 하는데.

하지만 토우카의 따가운 시선은 여전했다.

나는 다시 생각해 보았다.

"실제로 고백을 받아보기 전에는, 상상도 할 수 없겠는데."

그리고 나는 한마디로 대답했다.

지나치게 현실미가 없는 질문이라 답을 낼 수가 없었다.

"……선배, 바보."

토우카는 그 말을 중얼거렸다.

"'진지하게 고백을 받아도, 거절할 거야'라고 말하지 못해서 미안해."

"그런 거 아니거든요, 흥!"

토우카는 불만을 숨기지도 않고 큰 소리로 외쳤다.

"……그럼 대체 뭐가 문제인데?"

내가 묻자,

"……제가 제일 바보라는 소리예요!"

어째서인지 토우카는 얼굴이 새빨개질 정도로 화를 내면서, 그렇게 대꾸하는 것이었다.

나는 그 말의 진의를 알 수 없었지만, 눈물을 그렁거리며 남은 샌드위치를 먹어치우는 토우카를 보니 뭐라고 지적할 수도 없었다.


☆　☆　☆


그리고 둘 다 점심을 다 먹었을 때쯤.

토우카는 배가 차서인지 아까의 언짢았던 기분이 상당히 해소된 듯했다.

"그러고 보니 아까 이야기 말인데요."

"토우카가 제일 바보라던 그 얘기?"

"엄청난 악의가 느껴지는 말투라서, 분노를 초월해서 그저 웃음만 나오는데요?"

그녀는 웃는 얼굴로 말하면서 주먹으로 내 어깨를 툭툭 쳤다. 진심으로 때리지 않는 걸 보니 진짜로 화나진 않은 모양이다.

"그런 게 아니라, 선배의 얼굴이 무섭다는 이야기요."

"……이제 와서?"

"이제 와서 하는 소리이긴 하지만 신경이 쓰여서요. 선배의 눈 밑에 있는 그 흉터는 어쩌다가 생긴 건가요? ……아, 말하기 곤란하다면 억지로 말할 필요는 없어요."

토우카는 그렇게 물었다.

"아, 이거 말이구나."

나는 손끝으로 흉터를 쓰다듬었다. 이미 상처는 아물어 통증도 전혀 없지만, 아련한 쓸쓸함이 느껴졌다.

"이건……, 예전에 싸움을 하다가 생긴 상처야."

내 대답에 토우카는 의심스럽다는 시선을 보냈다.

"싸움? 그건 단순한 싸움이었나요?"

토우카가 다시 묻자 나는 일단 '그래'라고 대답했지만 금세 생각을 고쳐먹었다.

"……아니, 그런 건 아니고. 내 친구를 감싸다가 생긴 상처지."

"즉, 유우지 선배가 오빠를 감싸다가 생긴 상처라는 건가요?"

"이케 말고는 친구가 존재하지 않는다고 생각하는군……. 이케는 두 번째로 생긴 친구야. 그야 이제 그 녀석하고는 연락이 끊겼으니 그렇게 생각할 만도 하지만."

불만을 섞어서 내가 대답하자,

"……첫 번째 친구 이야기도, 꽤 신경이 쓰이는데요."

토우카는 그렇게 말했다. 그렇게 재미있는 이야기는 아니라고 생각하면서 손목시계를 확인하니, 곧 점심시간이 끝날 무렵이었다.

"그 이야기는 나중에 시간 날 때, 네가 그때도 흥미를 갖고 있다면 하자. ……음, 아무튼 나한테 이 흉터는 친구를 지켜냈다는 훈장이나 마찬가지라는 얘기였어."

간단하게 이야기를 마무리하자, 토우카는 흐응~ 하고 중얼거렸다.

그러더니 앉은 채로 다가와서는 나를 가만히 올려다보며 손을 뻗었다. 그리고는 가느다란 손가락으로 내 눈 밑의 흉터를 가만히 쓰다듬었다.

감각이 예민한 흉터에 손이 닿아, 나는 흠칫 어깨를 떨었다. 그리고 고개를 들자, 토우카는 '아, 죄송해요'라고 부드럽게 웃으며 말하더니 흉터에서 손가락을 뗐다.

"왜 웃는 거지?"

내 어깨가 움찔한 게 그렇게 즐거운 걸까 생각하면서, 나는 물었다.

"그야 웃을 수밖에요."

이번에도 기쁜 듯이, 토우카는 웃으며 대답했다. 그리고 내 눈을 똑바로 들여다보며, 그녀는 계속해서 말했다.

"그치만, 선배가 예전부터 누군가를 위해서 행동할 수 있는 멋진 사람이었다는 걸, 알 수 있었으니까요."

그녀가 한 말은 너무나 올곧아서.

나는 나에게 보내는 그 호의에 '대체 무슨 소리야'라는 시시하기만 한 대답밖에 할 수 없었다.

내 반응이 재미있었는지 토우카는 더욱 노골적으로 히죽거렸지만, 점심시간이 종료된다는 예비종이 울렸다.

"슬슬 교실로 돌아가자."

자리에서 일어나 쓰레기와 시트를 재빨리 정리했다.

그 모습을 보던 토우카는, 보란 듯이 아쉽다는 표정을 지으며 말했다.

"조금 더 함께 있고 싶었지만, 어쩔 수 없네요."

나를 놀리고 싶어서 그러는 거지? 라는 딴죽은── 스스로 생각하기에도 너무 한심하니까 참아야겠다.

☆　☆　☆

하사키의 호출이 있었던, 그 다음 날 아침.

나는 평소와 다름없이 등교를 했다.

하지만 평소와 다른 일이 그 날에는 일어났다.

그것은——.

"좋은 아침이야, 토모키 군!"

역에서 내려 통학로를 걷고 있자, 뒤에서 누가 어깨를 두드리며 말을 걸었다.

고개를 돌려 보니 하사키가 웃고 있었다.

"어, 안녕."

"너, 너무 쌀쌀맞은데? 모처럼 용기 내서 말 걸은 거란 말야, 내 두근두근을 돌려줘~."

하사키가 쓴웃음을 지으며 말했다.

……평소에 같은 반 아이들을 대하는 하사키 카나의 모습 그대로였다.

그렇다, 나 이외의 사람을 대할 때 하사키는 이렇게나 친근하다.

문제가 있다면 왜 나한테도 이런 태도를 보이는가다.

뭘 꾸미고 있는 거지?

……라고 생각했지만, 나를 통해 토우카와 관계 개선을 꾸미고 있었다.

나와 양호한 관계를 구축하기 위해 이렇게 아침부터 말을 거는 일도 있겠지, 라고 생각한 차에——.

나와 하사키 사이에 어느 여자아이가 억지로 끼어들었다.

그리고 그 아이는 내 손을 꽉 잡고서 말했다.

"에~, 뭔가요, 유우지 선배? 재미있어 보이는 이야기를 하고 있네요, 저도 끼워 주세요오~.♡"

우리 사이에 끼어들어 손을 잡은 여자는, 물론 토우카다.

"저기, 알려주세요, 하사키 선배. ……두근두근이라니, 대체 뭘 말하는 건가요오~?"

얼굴만 방긋거릴 뿐 생기가 전혀 없는 눈빛으로 하사키를 바라보면서.

토우카는 굳은 목소리로 하사키에게 물었다.

"아, 토우카쨩. ……으음, 좋은 아침이야."

토우카의 말에 하사키는 노골적으로 당황하면서 곤란해 어쩔 줄 모르겠다는 표정을 짓고 있었다.

"안녕하세요. 아침부터 제 남자친구한테 두근두근해대는 하사키 선배."

그러더니 토우카는 방긋 웃으며 말했다.

물론 눈에는 조금도 웃음기가 없었다.

"저기…… 토우카쨩? 그건 오해야. 난 그럴 마음 없어."

"어~, 그럴 마음이라뇨? 대체 어떤 마음이라고 생각한 거죠? 그보다 두근두근이 대체 뭔가요? 선배~, 좀 알려

달라니까요, 하사키 선배애~?"

속사포처럼 질문을 퍼붓는 토우카를, 하사키는 제대로 쳐다보지도 못하고 있었다.

……혹시 토우카는 하사키가 나에게 추파라도 던졌다고 오해하는 걸까?

그렇구나. 우리의 '가짜' 연인 관계를 흔들지도 모르는 적이라고 인식해서 이렇게까지 공격적으로 반응하는 건가.

그렇다면 전혀 걱정할 필요 없다. 하사키는 험상궂은 내 얼굴을 보고 말을 걸기가 무서워서 위축되었을 뿐이니까.

하지만 하사키도 내 여자친구인 토우카에게 그런 말을 할 수 없을 것이다.

그런 말을 입에 담는다면 토우카의 연인을 폄하하는 게 되기 때문이다.

모든 사정을 아는 내가 봤을 땐 단순명쾌한 문제다.

하지만 거기에 '가짜' 연인, 그리고 화해를 원하는 친구의 관계를 가미하면…… 그렇구나, 이렇게까지 어긋나 버리는 건가.

내가 뭐라도 도와줘야겠다는 생각으로 입을 열려는 순간.

"어, 수라장이야?"

"뭐? 토모키가 양다리를 걸치고 있다고?"

"아니, 카나짱은 하루마 군을 좋아하니까 그건 아닐…….”

"그 감정을 파고들어서 약점을 잡은 다음에, 억지로 자기를 돌아보게 만들었을 수도…….”

"우와, 그건 꽤 있을 법한 얘기라서 무섭네…….”

"……얼마 없는 친구의 여동생만으로 만족하지 못하고, 소꿉친구한테까지 손을 뻗다니. 저게 인간이 할 짓인가…….”

주위에서 쑥덕거리는 소리가 귀에 들어왔다.

그런 학생들의 목소리에…… 나는 마음속으로 딴죽을 걸지 않을 수가 없었다.

대체 뭘 어떻게 해야 이야기가 그렇게 되는데?!

선입견과 편견만으로 짜깁기하는 데에도 정도라는 게 있다고! 진실을 멋대로 왜곡하지 말란 말이다!!

나는 제대로 반론해야 한다고 생각해 쑥덕거리는 녀석들 쪽으로 시선을 향했다. 하지만,

"이쪽을 봤어!”

"도망쳐! 살해당할 거야!”

"평소보다도 더 살기가 엄청나……!”

주위에 있던 녀석들은 제멋대로 지껄여대더니 서둘러 학교를 향해 걸어갔다.

……이렇게까지 하면, 나는 이지메를 당하고 있는 게 아닐까? 라는 생각마저 든다.

그렇게 생각하고 있자니,

"선배~, 평소의 그걸 또 해버렸네요~?"

내 손을 잡은 토우카가 어깨를 으쓱하며 어이없다는 듯이 말했다.

"……내가, 또 실수해 버린 모양이네."

나도 한숨 섞인 말투로 그렇게 대답했다.

"뭐, 재수 없는 구경꾼들도 사라져서 대화하기도 쉬워졌으니 좋다 칠까요. ……그럼 알려줄래요? 하사키 선배는, 유우지 선배의 뭐에 두근두근한 거죠?"

토우카는 날카로운 시선으로 캐물었다.

하사키는 난처한 듯이 신음하더니 시선을 여기저기 방황하며 대답했다.

"토모키 군이랑은, 그다지 대화한 적이 없으니까……, 긴장해서."

"거짓말이죠? 하사키 선배, 그렇게 낯 가리는 성격은 아니잖아요?"

토우카의 지적에 웃, 하고 말문이 막힌 하사키.

나는 당황해서 제대로 말을 잇지 못하는 그녀에게 한마디 거들었다.

"험상궂은 내 얼굴에 겁먹어서, 말을 걸려다가 긴장했을 뿐이잖아?"

내 쪽에서 자학하듯 말하면 하사키도 쉽게 편승할 수 있다고 생각했는데.

"어? 그런 건 아닌데."

어리둥절하게 고개를 갸웃거리며 하사키는 말했다.

……내 완벽한 서포트를 받아주지 않는 거냐, 하사키?

나는 그걸 입에 담지 않고 시선을 보냈다.

그 시선을 깨달은 하사키는 깜짝 놀라더니 곤란한 표정으로 얼굴을 붉히고, 고개를 숙였다.

좀 전의 서포트를 늦게나마 깨달은 것이겠지.

그녀는 그러더니 얼굴을 들고, 마음을 굳힌 듯이 토우카에게 말했다.


"……토모키 군처럼 멋진 남자한테 말을 걸려니까, 가슴이 터질 정도로 두근거린다고!"


……진짜 아무 말이나 던지는구나, 하사키.

"우와, 취향 진짜 이상하다~."

토우카도 질색하는 듯했다.

아니, 잠깐만.

우리의 이 관계는 확실히 가짜지만, 겉으로는 건전한 연인 사이이다. 그런 식으로 자기 남자친구를 까내리는 발언을 한다면 하사키도 이상하게 여길…….

"어? 잘생긴 남자친구가 있는 토우카쨩이, 나는 내내 부러웠는 걸?"

어리둥절한 표정으로 말하는 하사키. 지금이 기회라는 듯이 말실수를 물어뜯을 거라 생각했지만 그런 일은 없었다.

잘 생각해 보니 자신의 연인을 일부러 낮춰 말하는 건 흔한 일이다. 즉, 이건 자학을 빙자한 자랑이다. 하사키도 그것을 알기에 진지하게 의문시하지 않은 것이겠지.

내 외모를 신랄하게 평가하는 토우카에게 의혹을 품었을 거야……! 라고 생각한 스스로가 창피하게 느껴진다.

한편 토우카는. 어째서인지 의기양양한 얼굴을 짓더니 이렇게 말했다.

"뭐~, 딱히 전 선배의 겉모습을 보고 좋아한 건 아니니까요?"

……과연, 그런 설정이었나.

역시 성적 우수, 의사소통능력 발군인 토우카다. 변명에 설득력이 있군.

내가 그렇게 감탄하고 있자…….

"하지만 말이죠~? 확실히 선배의 강렬한 눈빛과 야성미 넘치는 얼굴은 농담으로도 예쁘다는 말은 안 나오지만 와일드한 미남이라고 말하지 못할 건 없겠네요~."

토우카의 콧대가 슬슬 높아지고 있다.

"그러……게. 난 귀여운 토우카쨩이랑 멋진 토모키 군

이 잘 어울린다고 생각해. 그러니까 둘의 사이를 훼방 놓으려는 생각은 한 적 없어. 안심해 줄래?"

하사키는 복잡한 표정으로 토우카에게 말했다.

그야 그런 표정을 지을 만도 하다.

대충 내뱉은 말이 생각보다 길어지고 있으니까.

"그렇게 말해도 안심할 수는 없어요. ⋯⋯뭐, 유우지 선배는 저를 엄~청 좋아하니까 바람피울 일은 없을 거지만요~."

토우카는 '그렇죠~?'라고 나를 보고 히죽히죽 웃으며 동의를 구했다.

"그렇지."

라고 내가 말하자,

"뭐가 그런 건가요? 제대로 말해 주세요~♡"

진심으로 즐거운 듯한 표정으로 다시 물었다.

하여간 심술궂은 녀석이네⋯⋯.

"나는 토우카를 진심으로 좋아하니까, 바람피우는 일 따위 없어."

나는 어쩔 수 없이 그렇게 말했다.

토우카가 꽤 재미있어하겠네, 라고 생각되서 그녀를 보았더니⋯⋯.

"어, 왜그래?"

토우카는 내 시선을 피하듯 후다닥 내 등 뒤로 이동했다.

그러고는 두 손으로 내 셔츠를 쥐고, 아마도 등에 이마를 대고 있는 듯했다.

"아무것도 아니에요! 그냥……, 지금은 좀. 선배 얼굴을 못 보겠어요."

뒤쪽에서 들리는 뭔가를 억누른 듯한 토우카의 목소리. 대체 뭘 하는 거지? ……라고 생각했지만.

'아, 그렇군. 역시 이런 말은 기겁할 만하지'라고 깨달았다.

오늘 밤엔 자기 전에 이 일을 떠올리면서 이불킥 확정이다.

옆에서 걷는 하사키는, 내 쪽에서는 보이지 않는 토우카의 표정을 보고 어딘지 침통한 분위기로 말했다.

"정말로, 토모키 군은 토우카쨩한테 사랑받고 있구나."

상냥하고 부드러운 그 목소리.

하사키의 침통한 분위기에 나에 대한 동정이 섞여 있다면.

……토우카는 지금 필사적으로 웃음을 참고 있겠구나~, 라고.

안타깝게도 나는 깨닫고 만 것이다.

# 6

## 옛 친구

나도 모르게 잠들 것 같은 수업이 끝나고 쉬는 시간이 되었다.

다음 수업은 이과 실험실에서 하기 때문에 쉬는 시간에 이동해야 한다.

반 아이들은 친한 친구와 함께 이동하고 있었다.

아사쿠라는 같은 배구부원과 함께 이동했고, 이케는 당번인지 오늘은 제일 먼저 교실을 나갔다.

그렇다면 나는 혼자서 이동하는 수밖에 없다.

하지만 그건 익숙한 일이다.

지금 이동하면 학급의 다른 아이들의 바로 뒤를 쫓아가게 된다.

그러면 반 아이들이 내 시선에 겁먹고 걸음이 빨라진다. 그런 상황만은 겪고 싶지 않다.

그래서 어느 정도 시간 차를 두고 움직일 작정으로 자리에서 시간을 보내던 내게, 예상을 깨고 누군가가 말을 걸었다.

"다음 시간은 실험실 수업이잖아? 빨리 가지 않으면 지각할걸?"

하사키였다. 이미 교실에는 나와 그녀, 그리고 학생 몇 명밖에 남아 있지 않았다.

평소에 그녀가 이동수업에서 늦게까지 남는 일은 없었던 것 같은데, 오늘은 어쩐 일이지?

"아, 슬슬 가야지. 그런데 하사키는 왜 아직까지 남아 있는 거야?"

"어? 토모키 군이랑 같이 가려고 했는데."

당연한 걸 왜 묻느냐는 말투로 하사키는 말했다.

"……응? 왜 나? 항상 이케나 다른 여학생들이랑 이동하잖아?"

내가 말하자 하사키는 이상하다는 표정을 지으며 말했다.

"나랑 토모키 군도, 친구잖아?"

"……그렇긴 하네."

허를 찔린 그 말에 나는 작게 고개를 끄덕였다. 이젠 확실하게 나와 하사키도 친구가 되었다.

"그럼 빨리 가자~."

천진난만하게 웃으면서 하사키는 말했다.

나는 그 말에 응해, 자리에서 일어나 그녀와 함께 교실을 나왔다.

☆　☆　☆

　복도를 걸으면서, 하사키는 나에게 물었다.

　"1학년 때도 그랬는데. 토모키 군은 혼자 있는 경우가 많구나."

　"그렇지. 그때는 이케를 제외하면 언제나 혼자였어."

　"쓸쓸하지 않아?"

　"쓸쓸하지는 않아. 익숙해서인지 그쪽이 더 편해."

　내가 말하자 하사키는 똑바로 내 눈을 쳐다보았다.

　"왜 그래?"

　"혼자가 익숙하다니…… 으음. 혹시, 토모키 군한테는 하루마가 처음 생긴 친구였어?"

　어딘지 간절한 눈빛.

　나로서는 지금 하사키가 무슨 생각을 하는지 짐작할 수 없었다.

　그 질문에 뭐라고 대답해야 할지, 나는 조금 생각한 후에…… 눈 아래의 꿰맨 흉터를 손끝으로 쓰다듬으며, 입을 열었다.

　"아니, 이케 말고도 친구라고 말할 수 있는 녀석이 있었어……. 딱 한 명이었지만."

　중학생 시절까지 최악이었던 내 15년 인생.

　그중에서 좋은 추억이라고 할 만한 게 있다면…… 그건

그 아이와 보낸 시간 정도겠지.

내 말에 하사키는 어째서인지 상냥한 표정을 지었다.

"그렇구나. 그렇다면 다행이네. ……그런데 그 친구랑은 지금도 잘 지내?"

"아니. 초등학교 6학년으로 올라간 후로 한 번도 못 만났어."

"그렇구나. 어떤…… 아이였는데?"

"울보에 겁쟁이였지만 상냥한 녀석이었지. ……아, 그러고 보니 여자애 같은 미소년이었는데 지금쯤 상당한 미남이 되었을 거야."

내 말에 하사키는 샥 하고 고개를 돌렸다.

왜 그러는 건가 싶어 낌새를 살피니…….

"미, 미안해. 토모키 군의 입에서 '여자애 같은 미소년'이라는 말을 들을 거라고는 생각 못 했어."

뭔가를 참는 분위기로 얼굴을 붉게 물들이며 하사키는 말했다.

나는 그 반응이 불만스러워 말없이 하사키를 바라보았다.

그러자 그녀는 겸연쩍은 듯이 고개를 숙이고 말했다.

"……나도 딱 그 시기에 소원해진 친구가 있었거든."

뭔가 대단한 고백이라는 양 말하고 있지만, 어차피 토우카 얘기잖아?

그건 나도 알고 있다고.

"그 친구랑 만날 수 있다면. 토모키 군은 하고 싶은 말 있어?"

어딘지 괴로운 듯한 표정으로 하사키가 말했다.

……하고 싶은 말이라.

하고 싶은 말이라면 꽤 있다.

어째서 갑자기 만나지 못하게 되었는지, 어째서 아무 말도 해주지 않았는지.

하지만 분명 그런 순간이 와도, 나는 제대로 말하지 못할 거라고 생각한다.

"……오랜만이야, 아픈 데는 없고? 괜찮다면 연락처 교환하지 않을래?"

그 대답을 들은 하사키는 멍한 표정을 짓다가…….

"우와~, 평범하네~. 몇 년 만에 만났는데 고작 그거야~?"

재미있다는 듯이 웃었다.

"뭐, 말주변이 없으니까. 아마 멋진 말 같은 건 절대로 못 할 거라고 생각해."

"그렇구나, 그건 그럴지도 몰라."

납득이라도 한 듯이 중얼거린 후에,

"나는 분명. 그 친구랑 만나도, 아무 말도 못 할 거라고 생각해……."

하사키는 그렇게 말했다.

전하고 싶은 말은 잔뜩 있다.

하지만 말로 잘 표현할 수가 없다.

그래서…… 아무 말도 할 수가 없다.

어쩌면 그녀도 그런 식으로 고민하고 있을지 모른다.

"왠지 복도에서 걸으면서 얘기할 만한 주제는 아니었다는 기분이 들지만, 그래도 대화할 수 있어서 다행이야~. ……토모키 군이랑, 제대로 친구가 될 수 있겠다는 생각이, 들었다고나 할까."

어딘지 쓸쓸함이 감도는 표정을 짓는 하사키.

그녀의 마음은, 그 표정에서는 읽을 수 없었다.

"이제까지는, 제대로 친구가 될 수 없을 것 같았어?"

내 물음에 그녀는 어딘가 쓸쓸한 표정으로 중얼거렸다.

"……그건, 비밀."


☆  ☆  ☆


하사키와 이야기를 나눈 탓일까.

같은 반 동급생들의 겁에 질린 시선을 느끼며, 나는 실험을 멍하니 보고 선생님의 해설을 대충 흘려들으며, 오랜만에 옛 친구의 일을 떠올리고 있었다.

패기가 없는 울보였지만 나처럼 모두에게 미움받는 녀

석과 친구가 되어 주었던 아이.

　이름은── 그래, '나츠오'.

　오랜만에 그 이름을 떠올리고, 나는 그리움이 치밀어 올라 저도 모르게 입꼬리를 끌어올렸다.

　어이, 나츠오. 너는 지금 어디서 뭘 하고 있냐?

　──내 물음에 대한 반응은, 옆에 앉은 여자아이가 겁에 질려 내뱉은 '히익?!'이라는 짧은 목소리였다.

　……조금 불편한 기분이 들어, 나는 입을 꾹 다물고 억지로 포커페이스를 만들었다.

# 7
## 상담

어느 날 쉬는 시간.

화장실에 갔다가 교실로 돌아오는 길에 마키리 선생님과 만났다.

마키리 선생님은 내 얼굴을 보자마자,

"토모키 군, 마침 잘 됐다."

라고 말씀하셨다.

"무슨 일이세요?"

마키리 선생님의 말에 나는 멈춰 서서 대답했다.

그녀는 침착한 분위기로,

"방과 후에 할 이야기가 있어. 학생 지도실로 와 줄 수 있겠니?"

라고 말했다.

"아, 네. 괜찮습니다."

내가 대답하자 마키리 선생님은 서늘한 표정을 유지한 채로 입을 열었다.

"그래. 그럼 방과 후에 학생 지도실에서 기다릴게."

그렇게 말하고 선생님은 다시 걸음을 옮겼다.

나는 교실로 돌아온 후에 토우카에게 연락했다.

[방과 후에, 마키리 선생님한테 호출당했어.]

쉬는 시간도 얼마 남지 않았는데 토우카한테서 곧바로 답장이 날아왔다.

[뭘 저질렀는데요?]

[아무것도 저지른 기억은 없는데.]

그녀의 메시지에 나는 곧바로 답장을 보냈다.

[미녀 교사가 불러냈다고 해서 헤벌레~ 하시면 안 돼요~.]

그런 메시지와 함께 씨익 쪼개는 신경 거슬리는 캐릭터의 스탬프가 날아왔다.

그걸 보고 짜증을 느끼는 건 어쩔 수 없는 일이라고 생각한다.

[그럼 선생님이랑 면담 끝나면 연락 주세요, 기다릴게요 ~♡]

이어서 이런 메시지가 곧바로 날아왔다.

그걸 보니 내 기분도 따뜻해져서,

[미안해, 고마워.]

나는 짧게 그렇게만 대답했다.


☆　☆　☆

그리고 방과 후.

나는 학생 지도실 앞에 도착했다.

문을 노크하자 '들어와'라는 목소리가 들렸다.

나는 문을 열고 안으로 들어갔다.

"실례합니다."

학생 지도실에 들어가자, 의자에 앉아 있던 마키리 선생님이 온화하게 웃었다.

"기다리고 있었어. 방과 후에 불러내서 미안해. 자, 앉아."

그렇게 말하고 나에게도 앉으라고 권했다.

"괜찮습니다. 딱히 할 일도 없었는걸요."

나는 파이프 의자를 끌어다가 자리에 앉았다.

"그럼 곧바로 용건부터 말할게."

잡담은 생략하고 마키리 선생님은 그렇게 말했다.

그 올곧은 시선에 나는 저도 모르게 등이 곧게 펴졌다.

"……하사키랑 네 관계에 대해, 말해줄 수 있겠니?"

딱딱한 목소리.

거기에, 나는 곧바로 대답했다.

"하사키와는, 친구 관계입니다."

내가 말하자 마키리 선생님은 잠깐 주저하는 반응을 보이더니 입을 열었다.

"그…… 그건, 대등한 교우 관계라고 생각해도 될까?"

왠지 모르게 머뭇거리다가, 마키리 선생님이 그렇게 말했다.

그녀는 토우카와 화해하기 위해 나를 이용하고 있을지도 모르지만, 그렇다고 해서 어느 쪽이 우선이고 어느 쪽이 나중인 건 아니라고 생각한다.

"물론입니다. 왜 그러세요?"

"……아, 아니. ……토모키 군을 의심하는 건 아니야. 그저…… 네가 하사키 양과 불건전한 관계가 되었다는 소문을 들어서 일단 확인해 둘까 생각했거든."

오늘 아침에 있었던 소동 때문일 것이다.

"그래서, 소문의 불씨가 뭐였는지 확인하려고 했을 뿐이군요."

마키리 선생님은 새빨개진 얼굴로 천천히 고개를 끄덕였다.

그러더니 흐흠, 하고 한 차례 헛기침을 하고 평소와 다름없는 근엄한 표정을 지으셨다.

"그래. 토모키 군이 이케 양과 '가짜' 연인 관계를 유지하고 있으면서도 뒤에서는 하사키 양과도 불순 이성 교제를 하고 있다면, 나는 너를 지도하는 수밖에 없다고 생각했던 건데……."

후우, 하고 크게 한숨을 내쉰 후에,

"하지만 소문은 역시 소문일 뿐이었구나. 하긴, 토모키 군이 그런 불성실한 행동을 할 리 없지."

라고 안심한 듯이 말을 이었다.

······분명, 그 소문이 교사들 사이에서도 화제가 되고 있
는 거겠지.

그리고 마키리 선생님은 나를 걱정해서 진상을 확인해
주었다.

오해라는 것만 안다면, 분명 마키리 선생님은 내가 모르
는 곳에서 힘이 되어줄 것이다.

"하사키랑은 최근에 친구가 되었는데요. ······아마 그걸
못 믿는 애들이 오해한 모양입니다."

내가 그렇게 분석하자 마키리 선생님은 눈을 가느다랗
게 뜨고 온화한 웃음을 지었다.

"그래. 하사키 양이랑 친구가 되었구나. 그건 좋은 일이
지."

그 부드러운 목소리에 나는 어쩐지 창피한 기분이 들었
다.

"이케 양이랑 하사키 양은 둘 다 예쁘니까. 어쩌면 그
아이들한테 마음이 있는 누군가가 너를 질투해서 이상한
소문을 퍼뜨렸을지도 모르겠네."

마키리 선생님은 농담처럼 말했다.

"······있을 법한 이야기네요."

나도 쓴웃음을 지으며 대답했다.

마키리 선생님은 이런 식으로 무슨 일이 있을 때마다 나를 신경 써 준다. 이런 선생님은 이제까지 한 명도 없었다. 이게 기쁘기도 하고, 의지도 된다.

……그런 생각을 하다가, 저번에 선생님께서 '스스로 해결할 수 없는 일이 있다면, 뭐든 상담해 줘'라고 말한 일을 떠올렸다.

모처럼 이렇게 듣는 사람이 없는 상황에서 대화하게 되었으니, 상담을 해보자.

"선생님 생각은 어떤지 묻고 싶은 일이 있는데요, 괜찮을까요?"

내가 그렇게 말하자 마키리 선생님은 어째서인지 어리둥절한 표정을 지었다.

"……왜 그러세요?"

"아, 아냐. ……토모키 군이 직접적으로 나한테 의지해 줘서 조금 놀랐을 뿐이야. 그래도 기뻐."

마키리 선생님은 그렇게 말하며 나를 향해 웃어 보였다.

"아, 음……. 그래서 무슨 일이니?"

마키리 선생님의 물음에, 나는 토우카나 하사키의 이름을 꺼낼지 말지 조금 고민했다. 하지만 나는 이제부터 특별한 상담을 하는 게 아닐…… 것이다. 마키리 선생님 입장에서도, 일반적인 의견을 들을 뿐인데 그녀들의 이름을 언급하면 혼란만 불러일으킬지 모른다.

"친구끼리 사이가 나빠졌을 때, 가운데에서 어떤 식으로 중재하는 게 좋다고 생각하시나요?"

나는 그렇게 생각하고 추상적으로 질문했다.

마키리 선생님은 나를 보면서 쿡 하고 웃더니, 그리고는 입을 열었다.

"그야 사이가 나빠진 원인이나 상황에 따라 대처는 달라지지 않을까 싶지만. 나로서는 당사자끼리 의사소통할 수 있는 자리를 준비해야 한다고 생각해."

"제대로 대화가 되지 않을 때는 어떻게 하면 좋을까요?"

하사키가 필사적으로 말을 걸어도 토우카가 싸늘하게 무시하는 광경이 눈에 선해, 나는 그렇게 물었다.

"그런 때야말로 네가 사이에서 잘 중재하면 되지 않겠니?"

"……잘 해낼 자신이 전혀 없어서요."

"잘 해낼 필요 같은 건 조금도 없어. 아무리 서툴러도, 성실한 누군가가 옆에 있다는 사실만으로 안심하는 사람도 많을 테니까."

마키리 선생님은 그렇게 말하고 상냥하게 웃었다.

나는 나를 보는 그 눈빛에 부끄러움을 느끼면서,

"그러네요. ……두 사람이 대화를 할 수 있도록, 조금 고민해 보겠습니다."

내가 말하자, '그래, 토모키 군이라면 분명, 괜찮을 거야'라고 선생님은 고개를 끄덕였다.

"그 외에는, 뭔가 상담할 일 없니?"

그녀의 질문에 나는 말없이 고개를 끄덕였다.

"그렇다면, 듣고 싶었던 이야기도 다 들었으니 이제 돌아가도 괜찮아. ……토우카 양이 기다리고 있지?"

"그렇긴 한데…… 어떻게, 아셨죠?"

내가 묻자 마키리 선생님은 쿡 하고 웃더니 학생 지도실 창문으로 밖을 보았다.

나도 선생님의 시선을 따라 그쪽으로 고개를 돌렸다.

그러자 교문 앞에서 스마트폰을 만지작거리며 서 있는 토우카의 모습이 보였다.

"그런 거였군요."

그제야 이해했다. 선생님은 저 모습을 보고 토우카가 나를 기다리고 있다는 걸 알아챈 거다.

"그럼 전 가보겠습니다. ……상담해 주셔서 감사합니다."

그렇게 인사하고 나는 자리에서 일어섰다.

그리고 학생 지도실 밖으로 나가려는 차에…….

"아, 토모키 군, 잠깐만."

"네?"

선생님의 부름에 나는 걸음을 멈추고 뒤돌아보았다.

선생님은 몸을 일으켜 내 가까이 다가왔다.

"역시. 아까까지 몰랐는데, 머리카락에 먼지가 붙어 있어."

그렇게 말하며 선생님은 자신의 머리카락을 손끝으로 쿡쿡 찔렀다.

아마도 그녀가 자신의 머리를 찌른 위치에 먼지가 붙어 있다는 뜻이겠지. 나는 그렇게 생각하고 손으로 먼지를 털어냈다.

하지만──.

"아냐. 아직 안 떨어졌어. 가만히 있어 볼래."

아무래도 잘 떨어지지 않은 듯했다.

마키리 선생님은 그렇게 말하고는 내 머리를 향해 손을 뻗었다.

깨닫고 보니 바로 눈앞에 마키리 선생님의 얼굴이 있었다.

나는 동요해 저도 모르게 한 걸음 물러섰지만, 선생님은 곧바로 거리를 좁혔다.

그 눈빛이 똑바로 나를 향하자, 먼지를 보고 있을 뿐이라는 걸 알면서도 부끄러워졌다. 가슴이 두근거렸다.

부끄러워하는 나를 신경도 쓰지 않고, 마키리 선생님의 손이 내 머리 위까지 뻗어 왔다.

선생님은 여성치고는 키가 큰 편이지만, 그래도 나와는

어느 정도 키 차이가 나기 때문에 까치발을 들고 있었다.

그리고 마키리 선생님과 코앞에서 눈이 마주쳤다.

그녀는 손을 딱 멈춘 채로 시선을 피하고, 팟 하고 밀치듯 거리를 두려다가.

"꺅!"

하고 짧게 비명을 지르며 뒤쪽으로 넘어지려 했다.

나는 곧바로 그녀의 팔을 잡았다.

평소라면 그대로 안아 세울 수 있었겠지만……, 나는 부끄러움 때문에 아주 잠깐이긴 해도 마키리 선생님을 안아도 되는지 망설였다.

그 탓에 오히려 내가 선생님에게 팔을 이끌려, 함께 균형을 잃고 넘어졌다.

이러다간 마키리 선생님을 내 몸으로 짓누르게 된다. 그건 정말로 곤란하다 싶어 뒤늦게나마 그녀를 끌어안고 몸을 돌려 충격에 대비했다.

그 직후, 전신에 충격이 퍼지고 신음과 함께 폐에 있던 공기가 입으로 새어 나왔다.

"으으……, 괜찮으세요, 마키리 선생님?"

바닥에 쓰러진 충격에 미간을 찌푸리며, 마키리 선생님이 무사한지 확인했다.

"아, 으응. 고마워, 괜찮아."

그녀의 말과 함께 귓가에 숨결이 닿았다.

무사하다는 사실에 안심할 틈도 없이, 내가 지금 처한 상황을 생각했다.

힘주어 끌어안은 가늘고 탄탄한 허리, 나와는 완전히 다르게 생긴 그 몸은 정말로 따뜻했다.

어째서 그런 걸 느낄 수 있었냐면, 그야 당연히 마키리 선생님이 내 몸 위에 올라타 있기 때문이다.

이건 곤란하다. 내가 그렇게 생각해 곧바로 손을 떼고 몸을 일으키려 한 순간, 마키리 선생님과 눈이 마주쳐 몸이 경직되었다.

닿을락 말락 한 가까운 거리에 선생님의 얼굴이 있었다.

……요즘 토우카라는 울트라 미소녀와 행동하는 일이 많아지면서 이성과 얽히는 데에 꽤 면역이 생긴 나였지만, 그래도 마키리 선생님처럼 아름다운 성인 여성과 이런 식으로 밀착하게 되면……, 평정심을 유지할 수 없다.

마키리 선생님은 깜짝 놀란 표정을 지으며 황급히 몸을 일으켰다. 몸을 누르는 온기와 체중, 콧구멍을 간지럽히는 달콤한 향기가 멀어지면서 나는 망연자실한 상태에서 회복되었다.

쓰러지는 바람에 흐트러진 옷매무새를 재빨리 가다듬고 이쪽을 바라보았다.

나는 상체를 일으켜, 마키리 선생님의 눈을 쳐다보지 못하고 중얼거렸다.

"······죄송합니다."

내 말에, 마키리 선생님은 크게 심호흡하더니 대답했다.

"신경 쓰지 않아도 돼, 토모키 군은 넘어지는 나를 구해주었으니까."

똑 부러진 말투로, 그녀는 그렇게 말했다.

나 같은 고등학생 애송이가 껴안는 정도로는 동요하지 않는다는 뜻이겠지.

그렇게 생각하고 마키리 선생님을 보자······, 새빨갛게 달아오른 얼굴로 시선을 피하고 있었다.

그 모습을 보고 내가 착각했다는 걸 깨달았다.

남자에게 밀려 쓰러졌는데도 동요하지 않는 여성은 없을 것이다. 마키리 선생님은 내가 신경 쓰이지 않게 태연한 척을 하고 있을 뿐이다.

"잡아드리려 했는데, 어설퍼서 죄송합니다."

내 말을 듣고 마키리 선생님은 어딘지 불만스러운 표정을 지으며 손을 뻗었다. 나는 그 손을 잡고서 몸을 일으켰다.

"저, 정말로 신경 쓸 필요 없어."

그러더니 머리카락을 손으로 매만진 후에 입을 열었다.

"토, 토모키 군은 역시, 키가 정말 크구나. 까치발을 들었더니 자세가 무너져 버렸어, 미안해. 먼지······는 떨어진 모양이야."

아무 일도 없었다는 듯이, 원래 목적이 달성되었다고 나에게 전달했다. ……지금 일은 언급하지 말라는 뜻이 담겨 있다는 걸 알 수 있었다.

"감사합니다. ……잘 생각해 보니, 선생님께서 까치발을 하시는 게 아니라 제가 몸을 움츠리면 되었을 텐데요."

나는 마키리 선생님과 눈을 마주칠 수 없었다. 창피함 때문인지 영 기분이 불편했다.

"……그렇네. 조금, 생각이 짧았던 것 같아."

눈을 내리깔고서 엿보니, 마키리 선생님의 분위기도 어딘지 평소와 달랐다. 약간이지만 지금도 뺨이 붉었다.

그건 자신의 실수를 부끄러워하기 때문……만은 아니라는 기분이, 들었다.

"그럼, 이번엔 진짜로 가보겠습니다."

나는 마키리 선생님과 눈을 마주치지 못한 채로, 그렇게 말하며 출구로 향했다.

"그래, 잘 가. ……하굣길 조심해."

평소와 같은 냉정하고 의젓한 선생님의 목소리가 귀에 닿았지만.

나는 다시 그녀를 쳐다보지 못하고, 고개를 숙인 채 학생 지도실을 뒤로 했다.

# 8
## 보수

마키리 선생님과 상담한 날 밤.

사이가 멀어진 토우카와 하사키의 사이를 중재하려면 실제로 둘이 커뮤니케이션을 할 필요가 있겠지만, 그걸 어떤 식으로 해야 좋을지 나는 생각하고 있었다.

두 사람에게 말을 걸어, 대화할 자리를 만든다······ 대놓고 그렇게 하려 한다면, 쉽게 예측할 수 있는 두 가지 문제가 있다.

하나. 토우카에게 '하사키와 대화해 줘'라고 말해도 그녀가 승낙해 주지 않으리라는 것.

그리고 또 하나.

토우카와 하사키 사이에 있는 사람이 나 혼자라면 짐이 너무 무겁다는 것.

만약 두 사람이 다투기 시작해도, 나는 그녀들을 말릴 수가 없을 것이다.

그렇게 생각하니 문득 생각이 미쳤다.

나 혼자로 무리라면, 또 한 명 유능한 인물과 함께 둘이서 중재하면 되지 않을까 하고.

거기까지 생각하자 번쩍, 하고 아이디어가 떠올랐다.

그리고 스마트폰을 조작해, 어느 인물에게 전화를 걸었다. 벨이 두 번 울린 후에 그 인물은 전화를 받았다.

"여보세요, 무슨 일이야, 유우지?"

내가 전화를 건 상대는 이케였다. 나 혼자서 하사키와 토우카를 상대하긴 힘들겠지만, 둘과 관계가 깊은 이케와 함께라면 분명 괜찮을 것이다.

"미안해. 갑작스럽지만, 내일이나 모레 시간 있어?"

"정말로 갑작스럽네."

전화기 너머에서 이케가 쓴웃음을 짓는 걸 알 수 있었다. '잠깐만 기다려 줘'라고 말한 후에,

"내일이라면…… 시간이 있는데, 무슨 일이야?"

"전에 학생회 일을 도와준 보수로 한턱 사기로 했잖아? 내일 토우카도 불러서 함께 가지 않을래?"

골든위크 때 학생회가 주최한 스터디 이벤트. 그걸 도와준 대가로 이케가 한턱 사기로 약속해, 토우카까지 끼워서 셋이서 어딘가 놀러 가기로 했다.

"물론, 상관없어! ……그런데 토우카가 와 줄까?"

"……솔직히 모르겠어."

내가 속마음을 흘리자 스마트폰에서 이케의 웃음소리가 들렸다.

"뭐, 네가 말한다면 토우카도 다소 불만이 있어도 와줄 거야. 기대하고 있을게."

이케의 시점에서 토우카와 나는 러브러브한 연인이니까, 이런 오해를 하는 것도 이상하지 않다.

나는 그 말을 부정하지 않은 채,

"그리고 하사키도 불러도 될까?"

"카나도?"

의아하다는 목소리로 이케가 말했다.

"아, 응. 요즘 좀 친해졌거든. 모처럼 말을 걸어볼까 생각해서."

내 말에 이케는 잠시 뜸을 들인 후에 대답했다.

"아하, 그런 거구나. ……나도 할 수 있는 데까진 협력할게."

이케는 감탄한 듯이 중얼거렸다.

자세한 설명은 하지 않았지만, 내가 토우카와 하사키 사이를 중재하려 한다는 것을 깨달았을지도 모른다.

역시 주인공, 분위기를 파악하는 능력도 엄청나다.

"그래, 부탁해."

"그럼 둘한테도 빨리 말해 두는 편이 좋을 거야. 약속장소나 목적지 같은 건……, 나한테 맡겨주지 않을래? 자세한 건 나중에 메시지 보낼게."

"좋아, 그럼 나야 고맙지. 또 연락할게."

이케가 그렇게 말해준다면 요령 없는 내가 생각하는 것보다도 안심이 된다.

"그래, 그럼 이따가."

이케는 그렇게 말하고 전화를 끊었다.

나는 곧바로 하사키에게 내일 시간 되는지 메시지를 보냈다.

[내일은 오후부터는 한가해! 무슨 일이야??]

라는 답장이 왔기에 이케랑 토우카랑 셋이서 함께 놀러가지 않겠느냐고 다시 메시지를 보냈다.

[갈게, 꼭 갈게! 자세한 게 정해지면 연락 줘, 기대하고 있을게!]

그런 대답과 함께 깜찍한 캐릭터가 기뻐하는 스탬프가 연속으로 날아왔다.

좋아, 이걸로 이케와 하사키의 일정은 확보했다.

하지만 중요한 건 토우카한테 어떻게 말을 꺼내는가인데…….

적당한 구실이 떠오르지 않는다. ……섣불리 거짓말을 하면 반감을 살 것 같으니 이 이상 생각해 봐야 뾰족한 수가 없다.

그렇게 생각하고,

[내일 오후에 이케랑 하사키랑 함께 외출하지 않을래?]

라고, 나는 한가운데 직구를 던졌다.

……내 처참한 의사소통능력에 무력감을 느끼며, 나는 그날 밤에 토우카가 보내올 답장만을 기다렸다.

그리고——.

☆　☆　☆

다음 날 오후.

나는 이케와 만나기로 한 역 개찰구에 와 있었다.

약속 시간까지 조금 여유가 있었지만,

"아, 토모키 군!"

그렇게 말하고 내 쪽으로 달려오는 여자아이가 있었다.

"토모키 군은 키가 크니까 금세 알아볼 수가 있구나!"

그렇게 말하며 웃어준 사람은, 하사키였다.

"응. 갑자기 불러내서 미안해."

"괜찮아! 그보다 벌써부터 신경 써줘서 고마워!"

당연한 일일지도 모르지만, 하사키에게는 오늘 만남의 취지를 설명할 필요까지도 없는 듯했다.

"아마 대단한 일을 하진 못할 테니까 너무 기대하지는 말아 줘."

"이렇게 불러준 것만으로도 충분해."

그런 대화를 하고 있자,

"아, 선배. 벌써 도착해 있었네요, 오래 기다렸죠~!"

"기다리게 해서 미안해."

이번에는 토우카와 이케가 도착했다.

내가 한가운데 직구로 던진 말에, 놀랍게도 토우카는 별다른 불평 없이 오기로 한 것이다.

조금 김이 새기도 했지만, 아무튼 그 덕에 이렇게 넷이 모일 수 있었다.

"왔구나."

"별로 안 기다렸어. 그보다 하루마랑 토우카쨩, 집에서 같이 나왔어?"

나와 하사키는 그 둘을 바라보았다.

토우카는 내 옆으로 샤샥 하고 이동하더니,

"음~, 나오긴 오빠가 먼저 나왔어요. 개찰구에서 합류했을 뿐이에요."

라고 대답하고 이케에게 시선을 보냈다.

"응, 조금 일찍 도착했거든. 여기서 목적지까지 가는 길을 확인해 두느라."

"그런 것까지 했구나."

"와아~, 그럼 길 안내 맡겨도 돼?"

하사키가 묻자 이케는 '그래, 나만 믿어'라고 대답했다.

"아니, 여기서 5분도 안 걸리는 거리잖아? 뭘 재수 없게 잘난 척이야?"

"그럼 토우카, 너한테 길 안내 부탁해도 괜찮겠지?"

"뭐어~? 나는 유우지 선배랑 걸으면서도 러브러브할 거라서 무리거든~. 그렇죠, 선배~?"

"그럼 바로 갈까?"

"에이, 뭐예요, 선배. 하여간 부끄러운 건 정말 못 숨긴다니까~?"

그렇게 말하고 토우카는 내 팔을 꽉 붙들었다.

흐뭇한 표정으로 바라보는 이케와 쓴웃음을 짓는 하사키의 시선에 영 창피한 기분이 들지만, 이 팔을 뿌리치면 토우카의 기분이 상하겠지.

나는 딱히 뭐라고 하지 않고 걸음을 옮겼다. 그러자 토우카도 움직이고, 이케와 하사키도 따라왔다.

분위기가 험악하지는 않아서 안심했지만…….

너무 담백한 토우카에게 가벼운 위화감을 느끼면서, 우리는 목적지로 이동하기로 했다.

☆　☆　☆

그리고 역에서 걷기를 약 5분. 이제부터 들어갈 그 시설을 앞에 두고 하사키가 말했다.

"동물원이라니, 오랜만이네~."

이케가 제안한 곳은 동물원이었다. 그가 말하기를, '동물과 접촉하면 스트레스가 경감된다고 하더라. 토우카랑 카나도 자연스럽게 릴랙스한 기분으로 즐길 수 있지 않을까'라는 건데 확실히 묘안이라고 생각했다.

"난 초등학교 소풍 이후 처음이야."

"전 중학교 때 반 친구들이랑 온 이후 처음이에요~."

"그럼 다들 오랜만이라는 거네. 오늘은 마음껏 즐기자."

이케는 그렇게 말하고 웃었다.

그리고 우리는 표를 사서 원내로 들어갔다.

원내는 휴일이기도 해서 가족이나 젊은 커플들로 혼잡했다.

팸플릿을 입수해 내부를 확인한 후에,

"먼저 보고 싶은 장소, 혹시 있어?"

라고 하사키가 물었다.

"전⋯⋯ 딱히 없는데요."

토우카가 그렇게 대답하고, 나도 말없이 고개를 끄덕였다.

"서둘러서 둘러볼 필요도 없고, 지금부터 보기 시작하면 시간이 부족할 정도도 아닐 테니까. 순서대로 봐도 충분하려나?"

이케가 의견을 정리했다. 아무도 이의를 제기하지 않았기에 우리는 가까운 곳부터 둘러보기로 했다.

그리고 처음 가본 우리에는 코끼리가 있었다. 커다란 생물이라는 건 알고 있었지만, 그 거대함을 새삼 눈앞에서 보니 저도 모르게 그 박력에 감탄하게 된다.

거대한 코를 능숙하게 사용해 먹이를 먹는 모습은, 보기만 해도 재미있었다.

"정말 크다아~."

"몸길이 7미터, 몸무게 7톤. 이렇게 거대한데도 시속 40킬로미터로 달릴 수 있다니 엄청나네."

우리 앞에 있는 설명문을 읽으며 이케가 감탄한 듯이 말했다.

100미터 달리기 메달리스트에 맞먹는 속도로 달릴 수 있는 건가, 이 녀석은……. 이라고 나는 전율하면서도,

"이렇게 크면서 운동신경도 좋군. 그렇다면 정면에서 맞붙었다간 이길 방법이 없겠어."

라고 중얼거렸다.

"선배, 대체 무슨 생각 하는 거예요……?"

토우카가 내 중얼거림을 듣고 어이없다는 듯이 말했다.

확실히 지금 한 말은 의미불명이었을 거라고 반성하면서,

"뭐랄까, 이런 거대한 생물을 봤더니 기분이 들떠서 저도 모르게 이상한 소리를 해 버렸네."

이렇게 나와 스케일이 다르다는 걸 직접 눈으로 확인하니 자신이 얼마나 왜소한 존재인지 알게 된다.

고뇌하는 젊은이가 바다를 바라보며 그렇게 생각하는

것과 마찬가지로, 나도 코끼리의 거대한 몸을 보고 싸움으로는 이길 수 없다는 사실을 깨달았다. ⋯⋯다시 생각해보니 역시 의미불명이다.

생각에 잠긴 나를 보며 토우카는 히죽 웃더니, '흐응~'이라고 중얼거리고는,

"동물을 보면서 의미불명의 감흥에 젖은 선배는 어쩐지 남자 중학생 같은 느낌이라서 귀엽네요~."

라고 놀리듯이 말했다.

귀여운지 어떤지는 일단 넘어가고, 남자 중학생 같다는 소리에는 반론할 수 없다⋯⋯.

나는 그녀의 말에 대꾸하지 않고, 말없이 다음 동물이 있는 우리를 보았다.

"호랑이에요, 선배! 엄청 무섭지 않나요?! 아무리 선배여도 대못 박힌 배트 정도는 장비하지 않으면 상대하기 힘들겠어요!"

말과는 달리 조금도 무서워하지 않는 듯한 토우카가 손가락으로 가리키는 동물은, 호랑이였다.

"저걸 상대로 대못 배트가 무슨 도움이 되겠냐⋯⋯."

"그건 그렇고 저 호랑이는 눈매가 사납네. 따로 떨어져 있는 다른 호랑이들이랑 비교해도 박력이 완전히 달라."

옆에서 이케도 대화에 끼어들었다. 멀리 떨어져 있는 다른 호랑이들을 보니 확실히 이케의 말처럼 의외로 무섭다

는 인상이 없었다. 오히려 커다란 고양이처럼 보여서 귀엽기까지 했다.

그렇게 생각하고 나는 고개를 끄덕여 이케에게 동의했다.

호랑이도 개체차가 있나보다, 라고 생각하고 있자.

"그래도 이 아이는 왠지 토모키 군이랑 눈매가 비슷해서 멋있어."

하사키가 나를 보고 웃으며 말했다.

"……하사키 선배, 남의 남자친구한테 그렇게 당당하게 치근덕거리다니, 상당한 도둑고양이 근성인데요? 호랑이도 고양잇과니까 같은 고양이끼리 이 우리 안에서 당분간 살아 보는 건 어떠세요?"

토우카가 하사키에게 속사포처럼 쏘아붙였다.

"도둑고양이라니, 난 그냥 남자친구가 멋있어서 부러워했을 뿐이거든, 토우카쨩?"

당황스럽다는 듯이 쓴웃음을 지으며 하사키는 말했다.

토우카는 그녀의 말을 곧이곧대로 받아들였는지 하사키한테 더 이상 뭐라 하지는 않았다.

그 대신에,

"확실히 저 눈매는 선배랑 닮았을지도 모르겠네요. 육식동물 특유의 사냥감을 노려보는 저 예리한 눈빛은, 꼭 스커트 아래로 엿보이는 제 허벅지를 바라볼 때의 눈빛이랑 똑 닮았어요."

흐흥, 이라고 나에게 장난스러운 시선을 보내는 토우카.

그런 눈으로 본 적도 없고, 토우카도 농담으로 하는 소리라는 건 안다. 알긴 하지만 그래도 그 말을 듣고 신경이 곤두서는 건 어쩔 수 없었다.

"자의식과잉 아니야?"

그래서 나는 토우카의 말에 아무 감정도 싣지 않고 대답했다.

내 반응이 마음에 들지 않았는지 '끄응~'하고 신음한 토우카는,

"다음 동물을 보러 갈까요~."

라고 말하며 호랑이 우리에서 멀어졌다.

나와 이케는 곧바로 그녀를 따라 이동했지만, 하사키가 좀처럼 움직이려 하지 않았다.

"카나, 왜 그래?"

이케가 그렇게 묻자,

"아냐, 지금 갈게!"

그렇게 말하고 스마트폰으로 사진을 몇 장 찍은 후에야 그녀는 자리에서 움직였다. 저 눈매 험악한 호랑이가 꽤 마음에 들었던 모양이다.

"와, 기린! 목 진짜 길다~!"

다음 우리 앞에서 토우카는 흥분한 목소리로 말했다.

"기린은 혈압이 엄청나게 높대."

이케가 흥미롭다는 듯이 말했다.

나도 앞에 있는 설명문을 읽었다.

"이게 인간이었다면 의사도 두 손 들었겠군."

기린의 최고 혈압은 250 정도나 된다고 한다. 저 긴 목 꼭대기에 있는 뇌까지 혈액을 공급해야 하니까 인간과 스케일이 다른 거야 당연하겠지만, 워낙 임팩트 있는 숫자라서 나와 이케는 흥분했다.

"……로우킥을 중심으로 경기를 운용하면 승산이 있지 않을까요?"

들뜬 표정의 나와 기린을 번갈아 보면서 토우카는 히죽거리는 얼굴로 말했다.

코끼리를 보고 흥분했을 때처럼 토우카에게 놀림거리를 제공한 건가, 라고 생각한 후에 나는 자포자기해서 대답했다.

"……확실히 승산이 있을지도 모르겠어."

내 말에 '아핫'하고 웃음을 터뜨리는 토우카를 보고, 조금이나마 개운한 기분이 들었다.

☆　☆　☆

그리고 잠시 동물원을 둘러본 후에 카페 공간에서 잠시 쉬기로 했다.

"나랑 유우지가 마실 걸 사 올 테니까, 카나랑 토우카는 자리를 맡아 줄래?"

이케의 말에,

"그럼 나는 아이스티."

"아, 나도 토우카쨩이랑 같은 걸로!"

토우카와 하사키도 거기에 동의했다.

"그럼 가자."

이케의 말에 나는 고개를 끄덕이고 카운터 앞에 줄을 섰다.

……이러면 자연스럽게 토우카와 하사키 둘만 남는다. 정말 영리한 녀석이라는 생각에 내가 선망의 눈길을 보내고 있자니.

"유우지, 네가 보기에 두 사람 분위기는 어떤 것 같아?"

이케가 목소리를 낮추고 물었다.

이쪽은 이쪽대로 줄을 서 있는 동안에 작전 회의를 한다는 계산이다.

나는 이제까지 토우카가 보인 모습을 떠올리며 거기에 대답했다.

"일단 별 문제는 없어 보이지만. ……토우카가 하사키를 '대외용' 태도로 대하는 게 신경이 쓰여. 예전엔 저러지 않았겠지?"

내가 묻자 이케는 빙글빙글 웃었다.

"……왜 그래?"

"네가 제대로 토우카를 보고 있다는 게 느껴져서, 오빠로서 기쁜걸."

내 물음에 이케는 곧바로 대답하고, 하던 말을 계속했다.

"확실히 토우카랑 카나는 좀 더 편한 사이였어. 하지만 지금은 거리감이 있지."

"노골적으로 거절하는 건 아니지만 친해질 생각도 없다, 토우카는 그런 식으로 생각하고 있는 걸까?"

"나도 거기까지는 모르지. 하지만 이제까지 몇 년 동안 피했던 상대랑 평범하게 대화하는 수준까지는 왔어. ……앞으로 느긋하게 시간을 들여서 예전 같은 관계로 돌아가면 되지 않을까?"

"그럴……지도."

이케의 말을 곱씹으며, 나도 그렇게 생각했다.

갑자기 화해를 하고 몇 년 전과 똑같은 관계로 돌아간다, 라는 건 현실적으로 힘들겠지.

이런 문제라면 둘이서 자주 함께 있을 수 있도록 꾸준히 움직이는 수밖에 없겠다.

"오, 앞 사람 주문이 끝난 것 같아."

하던 이야기가 일단락된 타이밍에 앞에 있던 손님이 빠

졌다.

나는 이케에게 말없이 고개를 끄덕이고 주문을 끝마쳤
다.

☆　☆　☆

드링크를 다 마신 후에, 우리는 다시 원내를 둘러보았
다.

동물을 보고, 시시한 이야기를 하고, 웃고.

평범한 친구 사이처럼 즐겼다고 생각한다.

그래도 역시 하사키를 대하는 토우카의 거리감에는 신
경이 쓰인다.

하사키도 가끔씩 괴로운 표정을 지었다. 그녀도 또한 토
우카와 느껴지는 거리에 아쉬운 마음을 갖고 있는지도 모
른다. 하지만 그녀가 어떤 심정인지 물어볼 기회가 좀처
럼 없다, ……라고 생각하고 있자니,

"우와~, 얘 좀 봐. 무지하게 핥고 있어요!"

"아, 나도."

토우카와 이케가 거의 동시에 말했다.

아무래도 지금 와 있는 접촉 코너에서 카피바라에게 먹
이를 주다가, 동물이 신이 나서 손을 핥기 시작한 모양이
다.

"그런 행동도 하나보네."

"뭐, 귀여우니까 딱히 상관은 없지만, 이젠 먹이도 다 줘버렸고 축축한 게 기분 나쁘니까 손 좀 씻고 올게요~."

"나도 다녀올게."

두 사람은 그렇게 말하더니 조금 떨어진 수돗가로 걸어 갔다.

금방 돌아오기야 하겠지만, 모처럼의 기회다 싶어 하사키 옆으로 이동해 말을 걸었다.

"관계 개선은 어때, 잘 되는 것 같아?"

다른 손님이 주는 먹이를 열심히 먹는 카피바라를 멍하 니 쳐다보면서, 나는 하사키에게 물었다.

"음~……, 예전처럼 허물없이 친하게 지낸다…… 라는 건 역시 어려운가 봐."

하사키는 내 쪽을 돌아보지도 않고 대답했다.

"아까 둘이서 있을 때는 무슨 얘기를 나눴어?"

"이제까지 본 동물 중에서 뭐가 제일 좋았느냐는 이야 기. 즉, 무난한 화제였어."

"무난한 화제라도 얘기할 수 있게 되었으니 전보단 나 아진 게 아닐까?"

지난 몇 년 동안 서먹했던 두 사람이 별 의미 없는 대화 정도는 나누게 되었으니.

"그렇기는 해."

하사키는 의외로 아무렇지 않은 듯했다. 그녀는 처음부터 장기전을 예상했던 것이리라. 그래서 기대대로 되지 않아도 그렇게 호들갑스럽게 침울해하지는 않는 것이다.

"……오늘은 불러 줘서 고마워. 이렇게 함께 있을 수 있어서. ……예전 일들이 떠올라서 즐거웠어."

그녀의 말에 돌아보니, 내 쪽을 흘끔 보면서 손끝을 어물거리고 있었다.

사이가 좋아지려면 아직 멀었지만, 예전처럼 함께 있을 수 있다는 사실 자체가, 그녀에게는 기뻤던 모양이다.

"……앞으로도 함께 있는 시간이 늘어난다면, 분명 토우카랑 제대로 화해할 수 있지 않을까? 난 앞으로도 최대한 협력할게."

하사키를 격려할 생각으로 한 말이었지만, 그녀의 반응은 예상 밖이었다.

어딘지 쓸쓸한 표정을 지으며, 입을 강하게 꾹 다물었다.

그러더니 얼굴을 푹 숙이며,

"응, 그러게. ……앞으로 토우카쨩 하고는 사이가 좋아지는 날이 올지도."

그렇게 중얼거렸다.

"토우카쨩……하고는?"

그녀의 말을 듣고, 나는 그렇게 중얼거렸다. 뭔가 속내가 있는 말로 들리는데…….

"어, 뭐가?"

하사키는 내 쪽을 보지도 않고, 가까이에 다가온 카피바라의 머리를 쓰다듬으며, 그렇게 말했다.

그 반응에 내가 잘못 들었거나, 그녀가 잘못 말했거나, 둘 중 하나라고 생각하고 그 이상은 캐묻지 않았다.

"오래 기다렸죠, 선배~!"

"기다리게 해서 미안해."

그리고 금세 토우카와 이케가 화장실에서 돌아왔다.

"그렇게 기다리진 않았어. 그렇지, 토모키 군?"

"아, 고작 몇 분이었으니까."

하사키와 나는 대답했다. 그리고 카피바라가 있는 접촉 코너에서 발을 옮기자, 토우카가 내 옆에 찰싹 붙어 팔짱을 끼었다.

"그럼 곧바로 다음으로 가요~!"

그리고 나는 활기차게 말하는 토우카에게 팔을 잡혀, 다음 동물을 보러 갔다.


☆   ☆   ☆


"아아~, 오늘 정말 즐거웠어!"

원내의 동물 구경을 끝내고, 오늘은 해산하기로 하고 우리 넷은 전철을 탔다.

마침 4인용 박스석이 비어 있어 앉았다.

"그러게. 즐거웠어."

"그렇게 말해 주니까 기획하길 잘했다 싶네."

하사키와 내가 말하자 이케는 만족한 듯이 말했다.

그리고는 내 옆에 앉아 스마트폰을 만지작거리던 토우카를 보고 후로 물었다.

"토우카도, 즐거웠어?"

내 말을 듣고, 그녀는 스마트폰을 넣더니 씨익 웃었다.

그리고 나에게 귓속말을 했다.

"덤이 둘이나 있었던 건 불만이었지만……."

거기까지 말하고는 한 차례 호흡을 고르고,

"선배랑 데이트하는 게, 즐겁지 않을 리가 없잖아요?"

조심스럽게 나를 올려다보며 귀엽게 웃는 토우카.

토우카와 하사키의 관계를 개선 시킨다는 계획이 있었고, 그게 아직 명확한 결과를 내지 못한 상황이지만.

이렇게 모두가 즐길 수 있어서 좋았다고 생각했다——.

☆　☆　☆

——그 후로, 세 사람과 헤어지고 집에 도착한 후에.

나는 어느 중대한 사실을 깨닫고 말았다.

하사키가 토우카의 관계 개선을 도울 생각이었는데, 결국 아무것도 하지 못했다는 사실을. 아니, 오히려.

친구들과 동물원에 간다는 이벤트를, 나는 다른 누구보다도 즐겼다는 사실을.

# 9
## 스터디

넷이서 만난 휴일이 끝나고, 월요일 방과 후.

오늘부터는 다음 주 시험에 대비해 부활동이나 위원회 같은 활동은 한동안 중지된다.

……어차피 나는 그런 활동을 하지 않으니 별 상관은 없지만.

그렇게 생각하면서 내 자리에서 집에 갈 준비를 하고 있자니, 평소에는 곧바로 부활동을 하러 가는 아사쿠라가 이케와 같이 다가와 말을 걸었다.

"아, 토모키. 괜찮으면 방과 후에 패밀리레스토랑에서 공부 안 할래? 보시다시피 이케 선생님은 확보해 놨어."

그렇게 말하고 아사쿠라는 옆에 있는 이케의 어깨를 두드렸다.

선생님으로 소개받은 이케는 쓴웃음을 지으며 아사쿠라에게 말했다.

"아사쿠라, 열심히 부활동하는 것도 좋지만 툭하면 공부에 소홀해지는 버릇은 고치는 걸 추천해."

"배구는 내 청춘이잖냐. 딱히 성적 상위권을 노리는 것도 아니니까 벼락치기든 뭐든 낙제만 면하면 나는 만족!"

어딘지 자랑스럽게 말하는 아사쿠라에게,

"그렇게 당당하게 말할 일은 아니잖아."

어이없다는 듯이 이케가 말했다.

그런 대화를 나누는 두 사람을 바라보던 나는…….

"나도…… 껴도 괜찮은 거야?"

그렇게 묻자, 두 사람은 이상하다는 듯이 얼굴을 마주보았다.

"당연하지. 그래서 이렇게 말을 거는 거잖아?"

아사쿠라는 당연하다는 듯이 말했다.

……설마 이런 권유를 해줄 거라고는 생각도 하지 못했다.

놀람과 동시에, 엄청나게 기쁜 마음이 들었다.

"……물론이야. 나도 같이 가고 싶어."

그렇게 대답했다. 둘은 쾌활하게 웃으며 고개를 끄덕였다.

"어~, 뭐야뭐야, 이제부터 스터디한다고?!"

그때 여학생 한 명이 말을 걸었다.

"이제부터 공부하러 가는 거야? 그거라면 나도 오늘은 일정 없으니까 같이 가도 될까??"

붙임성 좋은 웃음을 띠면서 그렇게 말한 사람은, 하사키였다.

그 말을 들은 아사쿠라는 누가 봐도 알 수 있을 정도로 표정이 밝아졌다.

"그래, 하사키도 같이 가자! 남자 놈들 셋이서 스터디를 해봐야 땀내밖에 안 날 테니까 대환영이야!"

"괜찮을 것 같은데?"

이케도 대답했다. 나도 하사키가 참가하는 데에 이의는 없다.

천천히 고개를 끄덕여 동의를 표시했다.

"와아, 그럼 잘 부탁해!"

하사키가 우리를 보며 미소를 지었다.

"그럼 역 앞에 있는 패밀리레스토랑이라도 갈까?"

그렇게 아사쿠라가 제안한 직후에…….

"유우지 선배! 같이 하교해요오~!"

라고 누가 나에게 말을 걸었다.

그 목소리의 주인은, 물론 토우카였다. 그녀의 얼굴을 보고 나는 떠올렸다.

……그러고 보니 저번에 토우카랑 같이 공부하기로 약속했는데.

그 후에 전혀 얘기가 나오지 않아서 잊고 있었다.

"미안해, 토우카. 지금부터 이 멤버끼리 패밀리레스토랑에 가서 시험공부라도 하는 게 어떠냐는 이야기를 하고 있었어."

내가 그렇게 말하자, 토우카는 놀란 표정을 지었다.

그 후로, 이케, 아사쿠라, 하사키를 보고, 마지막으로 나와 시선을 마주쳤다.

"이 멤버로요? ……저도 참가해도 괜찮은가요?"

토우카는 그러더니 아사쿠라에게도 시선을 주었다.

'저한테 양해도 구하지 않고 남이랑 스터디를 하겠다니 말이 되는 소리예요? 그 이전에 저랑 공부하기로 한 건 어쩌시려고요?'

정도는 들을 줄 알았는데 조금 맥 빠지는 반응이었다.

"물론, 귀여운 여자아이는 대환영이야! 하지만 염장질은 금지! ……아, 이거 진지하게 하는 소리야."

절박한 표정으로 아사쿠라는 말했다.

"염장질 금지여도 함께 있을 수 있는 것만으로 우리는 행복하니까, 그걸로 괜찮겠죠? 유우지 선배♡"

내 옆에서 즐겁게 웃는 토우카.

대놓고 연인 관계를 어필하지 말라고.

그 모습에 분한 표정으로 나를 바라보는 아사쿠라. 내 어깨를 강하게 두드리는 이케.

그리고 어딘지 쓸쓸함이 느껴지는 웃음을 우리에게 보내는 하사키.

토우카와 하사키는 아직 제대로 관계가 회복되지 않았다.

지금 그녀의 표정이 이렇게 어두운 것도 그게 이유겠지.

　이번 스터디 모임에서 조금이라도 둘의 관계가 개선된다면 좋겠다고 생각하면서, 우리는 나란히 교실 밖으로 나갔다.

☆　☆　☆

　이케와 아사쿠라, 하사키가 나란히 걷고, 조금 거리를 두고 나와 토우카가 뒤를 따라 역 앞 패밀리레스토랑으로 향했다.

　기분이 좋아 보이는 토우카에게, 나는 이렇게 말했다.

　"의외였어."

　"……뭐가 말인가요?"

　내 말에 그녀는 나를 올려다보며 말했다.

　"토우카랑 같이 공부하자는 약속은 일정도 안 잡아 놓고 아사쿠라의 권유에 응했으니까, 기분 나빠할 거라고 생각했거든."

　"무슨 말도 안 되는 소리예요? 자의식과잉 아닌가요, 선배~?"

　히죽거리는 웃음을 띠면서 토우카는 말했다.

　"……예전에 내가 이케랑 방과 후에 약속을 잡았다고 화를 낸 건 어디의 누구였더라?"

나는 황당해하며 물었다.

"전에도 한 번 말했지만, 이젠 오빠 문제로 오기를 부리는 일은 없으니까요. ……선배 덕분에요."

조금 창피한 듯이 그렇게 말하고, 그녀는 말을 이었다.

"게다가요. 선배한테 친구가 생기는 건. ……좋은 일인걸요."

온화하고 상냥한 웃음을, 토우카는 나에게 보냈다.

제멋대로에 입이 험하고, 건방지다.

……하지만 토우카는 상냥하고 좋은 아이라고, 그 부드러운 눈빛을 보고 나는 생각했다.

"고마워."

나는 상냥한 말을 해준 토우카에게, 솔직하게 그렇게 인사했다.

그녀는 수줍은 웃음을 띤 후에, 퍼뜩 놀란 표정을 지으며 허둥지둥 말했다.

"아, 하지만 착각하지 말아 줄래요? 선배가 여자애랑 둘이서만 있는 일이 생긴다면, 전 안 된다고 말할 테니까요! 그게 원인이 되어서 다른 사람들한테 관계를 의심받거나 하는 상황은 못 참아요!"

"안심해. 내가 토우카 이외의 여자아이랑 둘이서만 있을 기회가 생길 가능성은, 어지간해선 없으니까."

"그러면 좋겠지만요~."

그러면서 가만히 하사키의 뒷모습을 바라보는 토우카.

그러게, 하사키랑은 이미 친구 사이니까 나중에 둘이서만 있는 상황도 있을지 모르겠다.

하지만…….

"하사키랑 나에 대해서 이상한 소문이 도는 일은 없을 거야. 이케와 하사키의 사이는 모두가 다 알고 있으니까."

"유우지 선배랑 하사키 선배에 대한 이상한 소문은, 이미 돌고 있잖아요."

"그런 바보 같은 소문은 굳이 신경 안 써도 되잖아……."

내가 말하자 토우카는 고개를 숙이고,

"알지만, 그래도 신경이 쓰인다고요……."

토라진 듯이 말했다.

……그야 기분이 좋지는 않겠지.

그렇게 생각하면서 뭔가 분위기를 수습할 말을 생각했는데.

"……뭐, 그 마이너스 이미지만큼 사람들한테 닭살 돋는 모습을 보여줘서 플러스마이너스 제로로 만들면 되지 않을까요?"

"……적당히 하는 게 나을 거야."

포지티브한 토우카의 말에, 나는 쓴웃음을 지으며 대답했다.

"으음. ……그래서 말이죠, 역시 둘이서만 공부하는 편

이 좋다고 생각해요. 그러는 편이……, 더 연인 같으니까
요."

어물거리는 분위기의 토우카.

그러더니 눈을 마주치지 않고, 고개를 숙이고서 말을 이
었다.

"그러니까, 이번 주말에는, 시간 꼭 내줘야 해요……,
알았죠?"

그녀는 애교를 부리듯 내 옷소매를 붙잡고서 귀여운 목
소리로 말했다.

"그러게. 알았어, 비워둘게."

내 대답에 그녀는 만족한 듯이 고개를 끄덕이더니, 뺨에
살짝 홍조를 띠며 화려하게 웃었다.

"네, 기대할게요!"


☆　☆　☆


그리고 패밀리레스토랑에 도착한 우리들.

당연하게도 내 얼굴에 겁먹은 점원에게 박스석을 안내
받았다.

"그럼, 선배랑 나는 이쪽에 앉죠!"

토우카에게 강하게 떠밀려 나는 안쪽 자리에 앉게 되었
다.

"그럼 오빠는 양 옆 사람들 공부를 봐줄 수 있게 한가운데에 앉고, 아사쿠라 선배는 유우지 선배 앞, 하사키 선배는 통로 쪽에 앉는 걸로 해요."

"그게 좋겠네."

아사쿠라는 토우카의 말대로 내 정면에 앉았다.

"그럼 나는 한가운데."

"나는, 여기구나……."

이케에 이어 하사키도 앉았다. 그녀는 그러면서 어딘지 아쉬운 표정을 지었다.

토우카의 맞은편 자리에 앉고 싶었을지도 모른다.

토우카는 모두가 앉는 모습을 만족스럽게 바라본 후에 고개를 끄덕였다.

뭔가 큰일을 하나 끝마친 느낌을 내고 있는데, 공부는 이제부터 시작이라고.

"드링크바 말고 다른 거 더 주문할 사람?"

아사쿠라가 테이블 위의 호출 버튼에 손을 뻗으면서 물었다.

모두가 고개를 가로저었다. 그걸 확인한 후에 아사쿠라는 호출 버튼으로 점원을 호출해 드링크바를 사람 수대로 주문했다.

"그럼 먼저 음료수 가져올게요. 아, 유우지 선배 것도 가지고 올게요."

토우카는 일어서서 나를 향해 그렇게 말했다.

"미안해, 그럼 부탁할게."

"네, 맡겨만 주세요."

토우카는 기분이 좋은 듯이 드링크바 코너로 향했다.

"아, 그럼 나는 하루마랑 아사쿠라 것까지, 가지고 올까?"

하사키는 두 사람에게 그렇게 물었다.

"땡큐, 나는 콜라로 부탁해!"

"나는 우롱차로 할게."

아사쿠라와 이케가 대답했다.

"응, 그럼 조금만 기다려 줘."

하사키는 그렇게 말하고 토우카 뒤를 따라갔다.

"……잘 되어가는 모양이구나."

테이블에 남자만 있게 되자, 이케가 진지하게 중얼거렸다.

"무슨 소리야?"

"그야 뻔하잖아? 당연히 토우카 얘기지."

"으으, 너무 부러워……!"

당연하다는 듯이 말하는 이케와 이를 가는 아사쿠라.

아, 그런가, 하고 나는 생각했다.

이 둘은 나와 토우카가 진짜로 사귀는 줄 알고 있으니까 이런 반응도 이상하지는 않다.

"아, 그거라면 뭐 덕분에."

"토우카는 제멋대로에 건방진 아이라서 유우지를 곤란하게 할 거라고만 생각했는데, 설마 스스로 마실 것까지 갖다 주려고 할 줄이야."

"부럽다, 부러워……."

둘의 말에, 나도 뭔가 대답을 해야겠다고 생각했지만, 그때 토우카가 자리로 돌아오는 게 보였다.

그녀는 좌우에 하나씩 들고 있던 잔 중 하나를 나에게 내밀었다.

"여기요, 선배. 언제나 마시는 거예요."

"가져다 줘서 고마워."

나는 그렇게 대답하고 잔을 들었다.

곧바로 한 입 마셨는데, 이건 확실히 블랙커피였다.

잔을 테이블에 놓자, 이케가 히죽히죽 웃으며 말했다.

"그리고 보니 토우카는, 유우지한테 뭘 마시고 싶은지 묻지 않았구나."

"남자친구가 좋아하는 음료 정도는 이미 다 알고 있다는 건가…… 최고다아."

아사쿠라가 감격한 듯이 토우카를 보았다.

"그야~, 좋아하는 사람이 좋아하는 건 뭐든 알고 싶어하는 소녀의 마음? 뭐 그런 거죠♡"

지금이 기회라는 듯이 커플 어필을 하는 토우카.

"헤에~, 토모키 군은 커피를 좋아하는구나. 나도 기억해둬야지."

어느새 돌아와 있던 하사키가 이케와 아사쿠라 앞에 각각 잔을 놓았다.

"……단순한 반 친구인 유우지 선배의 취향을 알아둬서, 하사키 선배는 뭘 어쩔 생각인 건가요?"

말투에 살짝 가시가 돋친 토우카에게,

"내가 대신 음료를 가져다주는 일이 있을지도 모른다고 생각했을 뿐이야. 걱정할 필요 없어, 토우카쨩. 멋있는 남자친구를 빼앗겠다는 생각, 난 안 하니까."

살짝 쓸쓸함이 담긴 목소리로, 하사키는 씁쓸하게 웃으며 말했다.

그렇기야 하겠지.

하사키가 친해지고 싶은 상대는 내가 아니라 토우카니까.

토우카는 의심스럽다는 듯이 몇 초 정도 하사키를 보았지만, 곧바로 크게 한숨을 내쉬더니,

"그렇다면야 괜찮지만요. ……아무튼 슬슬 공부를 시작할까요! 모르는 게 있으면 물어볼 테니까 잘 부탁해요♡"

"내가 아는 범위 내에서 부탁해."

내 대답에, 토우카는 '뭐예요~, 좀 더 믿음직한 말을 해줘야죠~'라고 불만스럽다는 듯이 입술을 뾰로통하게 내

밀며 말했다.


☆　☆　☆


그 후로 우리는 한 시간 정도 각자 공부했다.

하지만 이케는 하사키와 아사쿠라에게만 알려주기만 하고, 거의 자기 공부는 못 하는 것처럼 보였지만.

참고로 토우카도 모르는 게 있어서 두 번쯤 나에게 질문했는데, 어찌어찌 대답할 수 있는 문제였다.

"……그런데, 선배는 꽤 머리가 좋네요."

두 번째 질문을 대답하는 도중에 토우카가 감탄했다는 듯이 말했다.

"유우지는 작년 학년말 고사에서 7등을 한 수재니까."

그리고 어째서인지 자랑스럽게 말하는 이케.

"우와, 7등! 엄청나잖아요, 선배! ……오빠가 왜 저렇게 의기양양한지는 이해가 안 가지만요."

지극히 당연한 딴죽을 건 후에,

"아무튼 유우지 선배, 머리까지 좋을 줄이야……. 멋져요. 저, 새삼 반해 버렸어요♡"

나를 올려다보면서 토우카가 말했다.

그런 우리를 보고 이케는 웃으면서 고개를 끄덕거리고, 하사키는 애매하게 웃었다.

그리고——.

"이제 와서 하는 소리지만……. 오기 전에 염장질 금지라고 분명히 말했는데……."

아사쿠라가 머리를 쥐어 싸매고 절망이 담긴 목소리로 중얼거리고 있었다.

절망하는 아사쿠라는 내버려두고 나는 하사키를 보았다. 그녀의 뭐라 표현하기 힘든 표정을 보고, 나는 문득 그 사실을 떠올렸다.

……이제까지 하사키와 토우카의 관계 진전에 전혀 협력하지 못했다.

관계 개선에 협력한다고 나는 말했다. 그렇다면 여기서, 흐름을 바꿔야 한다.

그렇게 생각하고 나는 한 차례 호흡을 한 후에, 화제를 바꿨다.

"친구끼리 모여서 스터디를 하는 건, 즐거운 일이구나."

이 기세를 몰아 스터디 모임뿐 아니라 이 멤버로 휴일에 놀러 가는 일정을 잡을 수 있다면, 하사키와 토우카의 거리가 확 좁혀지지 않을까?

난 그런 의도로 말한 것이다.

……하지만.

아무래도 내 생각이 너무 안일했던 모양이다.

그 말을 들은 주위의 공기가 굳었다.

그리고 모두가 상냥한 시선을 나에게 보냈다.

"그럼 내일도 이렇게 모여서 공부할까."

이케는 나에게 미소를 지으며 그렇게 말했다.

"저도요. 함께 공부하니까 즐거워요."

토우카도 상냥한 눈빛을 보냈다.

"좀 더 일찍 같이 하자고 말할 걸 그랬네."

콧등을 긁적이며, 겸연쩍은 듯이 아사쿠라는 말했다.

"나도 테니스만 하느라 방과 후에 모여서 공부를 해본 경험이 그다지 없는데, 확실히 즐거운걸."

하사키도 동의하면서 부드럽게 웃었다.

그리고 나는…… 너무 견디기 힘들었다.

뭐지, 이 분위기, 다들 왜 이렇게 괜찮은 녀석들인 거야……. 알겠다, 나를 울릴 생각인가?

그럴 생각은 없었는데, 배려하게 만든 것 같아서 나는 당황했다.

"으, 응."

곤혹스러운 표정으로 그렇게 중얼거린 나에게, 아사쿠라가 물었다.

"그러고 보니, 토모키한테는 이케가 첫 친구인 거야?"

아사쿠라의 말에,

"오빠랑 친구가 되기 전에, 초등학생 시절에 한 명 있었대요!"

토우카가 가슴을 펴고 대답했다.

"호오~, 어떤 애였는데?"

"뭐? 어떤 사람이었는지는 나도 자세히 못 들었는데?"

이케의 질문에 토우카는 차갑게 대답했다. 그렇게 자신만만하게 말한다면 보통은 자세한 사정도 안다고 생각하겠지…….

"나는 중1이 될 때까지 매년 여름방학마다 시골 할아버지 댁에서 지냈거든. 그런데 마찬가지로 여름방학마다 시골에서 지내는 애가 하나 더 있어서, 외지인끼리 친하게 지냈어. 바로 걔가 내 첫 친구……, 이름은 '나츠오'야."

내가 그 이름을 부르자, 덜컥, 하는 소리가 들렸다.

소리가 난 쪽을 보니, 하사키가 음료수 잔을 쓰러뜨린 게 보였다.

다행히 안에 든 건 다 마신 듯해서 테이블이 젖지는 않았다.

"우왓, 괜찮아? 이거 써."

아사쿠라가 그렇게 말하면서 하사키에게 재빨리 종이냅킨을 건넸다.

"으, 응. 고마워, 잠깐 멍해져서 실수했나 봐."

하사키는 애매하게 웃으며 냅킨을 받아 흩어진 얼음을 치웠다.

그런 하사키에게, 어째서인지 이케와 토우카는 의심스

러운 눈빛을 보내고 있었다.

"……그래서, 그 나츠오 군은, 어떤 아이였나요?"

토우카는 어째서인지 굳은 말투로 그렇게 물었다.

"……겁쟁이에 울보였어. 하지만 용기가 있고 상냥한 아이였지."

나는 나츠오의 용감하면서도 상냥한 모습을 떠올리며 그렇게 말했다.

"그 나츠오란 애, 어떻게 생겼는지 기억해?"

내가 기억을 더듬어가며 말하자 이케가 물었다.

"응. 엄청나게 얼굴이 예뻐서, 중성적…… 이라고 할까, 여자아이로 착각할 정도였어. 그리고 단정한 밤색 쇼트커트였지. ……지금쯤 엄청난 미남이 되어 있지 않을까?"

내가 말하는 도중에, 달그락거리는 소리가 났다.

그쪽을 확인하니, 하사키가 허둥지둥 필기구와 노트를 정리하고 있었다.

"다, 다들 미안해! 깜빡했는데, 테니스 스쿨 친구가 자율훈련하는 걸 도와주기로 약속했었어! 잊고 있었다아~!"

그렇게 말하자마자 자리에서 일어나, 하사키는 지갑에서 동전을 꺼내어 테이블 위에 놓고는,

"오늘은 먼저 실례할게!"

하사키는 그렇게 말하더니 우리에게 가볍게 인사하고 황급히 출구 쪽으로 갔다.

그녀의 모습은 곧바로 자동문을 통과해, 금세 보이지 않게 되었다.

"하사키 쟤……, 갑자기 왜 저러지?"

"글쎄, 나도 모르겠네."

나와 아사쿠라는 갑자기 비어버린 하사키의 자리를 바라보며 그렇게 말했다.

"나츠오……."

"역시…… 그거겠지?"

"……응, 아마도."

그리고 이케와 토우카는, 어째서인지 심각한 표정으로 둘이서 고개를 끄덕였다.

대체 뭘까 고민하다가 나는 한 가지 가능성에 생각이 미쳤다.

"혹시 너희 둘……. 나츠오에 대해서 알아?"

나는 그 낌새가 신경이 쓰여서 물어보았다.

뭔가를 안다는 듯이 고개를 끄덕이는 두 사람의 표정을 보고, 나는 혹시나 하는 생각이 들었다.

만약 두 사람이 알고 있다면, 꼭 알려주면 좋겠다.

벌써 몇 년이나 만나지 못했지만, 그래도 나에게는 소중한 친구다.

지금 어디서 어떻게 지내는지 정말로 신경이 쓰인다.

"나츠오는……."

토우카가 어딘지 주저하는 느낌으로 입을 열었지만,

　"미안해, 유우지. 이건 우리가 말해도 될 문제가 아니야. ……그렇지, 토우카?"

　이케가 토우카의 말을 가로막았다.

　"……응, 그러네. 그렇게 되었으니, 미안해요, 선배. 우리는 아무것도 말해줄 수 없어요."

　"그렇구나. 너희가 그렇게 말한다면 무리해서 캐묻지는 않을게. 하지만 만약 두 사람이 나츠오가 지금 어떻게 지내는지 안다면, 하나만 알려주지 않을래?"

　내가 그렇게 말하자 둘은 천천히 고개를 끄덕였다.

　"나츠오는, 잘 지내고 있어?"

　내 말에 이케와 토우카는 얼굴을 마주본 후에…… 이상하다는 듯이 웃었다.

　"조금 긴장했는데…… 뭐라고 할까, 선배다운 질문이네요."

　"그러게. 뭐랄까, 긴장했는데 어깨에 힘이 쭉 빠지네. ……안심해, 아마 네가 아는 나츠오는, 건강하게 잘 지내고 있어."

　어딘가 안심한 분위기로 이케가 말했다.

　"나는 잘 모르지만, 그 나츠오란 애를 다시 만날 수 있으면 좋겠다."

　나츠오를 모르는 아사쿠라까지 그렇게 말하며 나에게

웃어주었다.

"그렇구나. 그렇다면 안심했어."

나는 그들에게 그렇게 대답했다.

그런 대화를 한 지 1시간쯤 지나. 어딘지 느슨해진 분위기 속에서 우리의 스터디 모임은 일단 종료되었다.

"좋아, 진도가 꽤 나갔네. 괜찮다면 내일도 또 하지 않을래?"

"너무 남한테 의지하면 안 돼, 라고 말하고 싶지만 모처럼 아사쿠라가 의욕을 보이니까. 물론 내일도 함께하겠어."

아사쿠라의 말에 이케는 쓴웃음을 지으며 대답했다.

역시, 이러니저러니 해도 남 돌봐주기 좋아하는 녀석이다.

"아사쿠라 선배, 저, 내일도 참가해도 괜찮겠죠?"

"그야 당연하지! 귀여운 여자아이는 대환영이야! 하지만……, 다음번엔 정말로 염장질 금지야!"

진지한 표정으로 이쪽을 노려보는 아사쿠라.

왜 나를 보냐…….

"네~, 그럼 유우지 선배. 러브러브는 아사쿠라 선배가 없는 곳에서 해요♡"

토우카가 나를 보며 미소를 지었다.

아사쿠라는 원념이 담긴 시선을 내 쪽으로 향했다.

"⋯⋯적당히 하자."

토우카의 놀림에 애매하게 대꾸한 후에, 이날 스터디 모임은 해산하기로 했다.

☆　☆　☆

그리고 다음 날 방과 후.

나는 어제와 같은 패밀리레스토랑에서 스터디 모임을 가졌다. 멤버도 변한 건 없었다.

단 한 명, 하사키가 빠진 걸 제외하면⋯⋯.

☆　☆　☆

시험기간 동안, 이상한 이야기지만 내 방과 후의 일상은 충실했다.

매일같이 이케나 아사쿠라, 토우카와 함께 모여 공부를 했기 때문이다.

이케한테 취약한 과목을 배운 덕분에 이번 시험은 이제까지 봤던 시험 중 최고의 상태로 임할 수 있을 것 같았다.

⋯⋯한편, 하사키에게도 계속 함께 하자고 권유해 보았지만, 테니스 스쿨의 연습이 바쁜 모양이라 그 후로는 스

터디에 참가하지 않게 되었다.

확실히 하사키에게 테니스 스쿨의 연습이 중요하다는
건 이해하지만, 토우카와 관계를 계선할 계기를 만들 수
없어서 나는 난처했다.

그렇게 시간이 흐르고, 휴일이 되었다.

"오래 기다렸죠, 유우지 선배!"

개찰구 근처에서 기다리던 내 얼굴을 보고 활짝 웃는 토
우카가, 크게 손을 흔들며 달려왔다.

"오, 안녕."

나는 웃는 그녀에게 가볍게 고개를 끄덕여 대답했다.

평소보다 밝은 메이크업을 하고, 스커트도 짧다. 그 아
래로 늘씬한 다리가 뻗어 있다. 휴일 모드의 토우카가 내
옆에 섰다.

"그럼, 곧바로 카페 가서 공부라도 할까요."

그 말이 끝나고, 나와 토우카는 나란히 걷기 시작했다.


☆  ☆  ☆


토우카의 안내를 받아 도착한 곳은 나에게는 어울리지
않을 정도로 세련된 카페였다.

가게 안을 둘러보니 여고생·여대생으로 보이는 젊은
여성 손님이나, 뭐라고 할까…… 잘나 보이는 미남들뿐이

라, 나는 그대로 발을 돌려 밖으로 나가고 싶어졌다.

"……패밀리레스토랑 같은 곳이 낫지 않아?"

아사쿠라가 알려준, 드링크바에서 음료를 섞어서 오리지널 드링크를 만드는 방법은 대단하다고 생각한다.

고작 수백 엔으로 그런 걸 즐길 수 있는 패밀리레스토랑은 대단하고, 아사쿠라는 천재다.

즉, 패밀리레스토랑에서 공부하는 게 최고다.

세련된 분위기에 압도되어 평정심을 잃은 나는 그렇게 생각했다.

내 질문에 토우카는 입술에 손가락을 대고 '으음~'하고 잠시 고민한 후에,

"기각이에요. 카페 순회라고 하면, 데이트 같아서 좋잖아요♡"

그렇게 귀엽고 애교스러운 웃음을 보였다.

"……역시 말은 하기 나름이구나."

나는 어이없다고 생각하면서도, 어쩔 수 없다며 포기하기로 했다.

그리고 안내받은 자리에서 메뉴를 확인하고 점원에게 주문했다.

나는 아이스 커피를, 토우카는 뭔가 복잡한 이름의 홍차를 주문했다.

나와 토우카는 공부 도구를 책상 위에 꺼내기 시작했다.

준비를 마치자 타이밍 좋게 음료가 나왔다.

만족한 듯이 고개를 끄덕이고, 토우카는 말했다.

"그럼, 선배! 시험까지 얼마 안 남았어요, 힘내요!"

"그러게."

내가 고개를 끄덕이며 대답하자, 그녀는 방긋 웃더니 필기구를 쥐고 책상에 놓인 노트로 시선을 보냈다.

☆　☆　☆

잠시 각자의 공부에 집중하고 있었다.

얼음이 녹아 연해진 아이스 커피를 마시고 있자니, 토우카가 천천히 고개를 들어 메뉴를 펼쳤다.

그리고 '으음~'하고 고민스러운 표정으로 신음했다.

"왜 그래?"

내가 묻자 그녀는 간절한 눈빛으로 이쪽을 보았다.

"선배, 혹시 단 거 좋아하세요? 가볍게 기분전환 삼아 이 팬케이크를 먹고 싶은데요, 다 먹으면 살이 찔 것 같아서…… 반씩 나누지 않을래요?"

"토우카는 몸매도 좋으니까, 조금쯤은 살이 붙어도 괜찮지 않아?"

"전 이래봬도 체형 유지를 위해서 유산소 운동이나 가벼운 헬스도 나름 열심히 한다구요. 그러니까……, 방심하면 안 돼요!"

"그랬구나. 토우카는 그런 노력을 아끼지 않으니까 그렇게 예쁜 거였구나."

토우카는 확실히 선이 가늘고 몸매가 예쁘다.

단순히 마른 게 아니라 탄탄해서 건강미가 있고, 거기에 더해 여성스럽게 들어갈 데는 들어가고 나올 데는 나왔다는 인상이다.

역시 노력가인 토우카답게 몸매 유지에도 빈틈이 없다.

평소에 의식하고 단련하지 않으면 이렇게까지 좋은 몸매를 가질 수 없는 거겠지.

"그, 그것도! 다 선배가 자랑할 수 있는 여자친구로 있기 위해서 라구요?"

토우카는 어째서인지 익살을 부리듯 그렇게 말하더니, 곧바로 얼굴을 새빨갛게 물들이고 고개를 숙였다.

"……역시 무리야, 선배는 어떻게 그런 창피한 소리를 진지한 얼굴로 하시는 건가요오……."

그러더니 속삭이듯 작은 목소리로 중얼거렸다.

쳐다보니 귀까지 새빨개져 있었다. 왜 이러는 거지, 라고 생각하다가 곧바로 내가 무슨 말을 했는지 떠올렸다.

……나도 창피해졌다. 면전에서 토우카에게 예쁘다고 말해 버렸다. 그야 그녀의 모델 같은 체형이 예쁘다고 하려는 의도였지만 말이 너무 짧았던 게 문제고, 그걸 다시

보충해서 설명하는 것도 꼴사납다.

어떻게 수습할까 고민하다가…… 일단 '나 또 뭔가 저질러 버렸나?'라는 식으로 태연하게 무표정을 유지하고서,

"……팬케이크, 먹을 거지? 나도 단 게 먹고 싶어졌어."

나는 토우카의 중얼거림을 무시하고 억지로 원래 하던 이야기로 되돌려, 대답했다.

무심결에 창피한 말을 입에 담지 않으려면 당분을 보급해 뇌를 활성화시킬 필요가 있다.

"다시 말해, 달고 귀엽고 보기에도 예쁜 저를 먹어버리고 싶다는 말인가요? ……엉큼한 선배네요."

하지만 내 말을 곡해한 토우카는 이쪽을 흘끔거리면서 농담하듯 그런 헛소리를 했다. 그중 몇 할은 내 자폭이었겠지만,

"무슨 말을 하는 거야? 나는 팬케이크 이야기를 했을 뿐이라고."

나는 계속해서 뭔 소린지 모르겠다는 표정으로 대꾸했다.

"……<u>으그그</u>."

그런 나를 보고, 토우카는 뺨을 부풀리고서 나를 노려보았다.

그러더니 발끝으로 내 정강이를 찼다.

"무슨 짓이야?"

……꽤 힘을 실어서 차는 토우카. 아까의 내 발언을 신경 쓰는 것 같지는 않지만, 그래도 이 발차기는 순수하게 아프다.

"그만 차…….'

나는 참지 않고 토우카에게 불평했다.

"다 선배 잘못이라고요. ……하지만 그렇게까지 말한다면, 차는 건 그만 할게요~."

그러자 내 정강이를 차던 걸 멈추는 토우카.

……하지만 이번에는 두 다리로 내 다리에 조르기를 걸기 시작했다.

"간지러운데."

내 항의에 토우카는 놀리듯이 말했다.

"뭐가요~, 그렇게 싫다면, 직접 제 다리를 치우면 되잖아요~?"

도전적인 말에 나는 조금 신경이 곤두섰다.

그리고 그 말대로 토우카의 다리에 손을 대, 치우려 하자…….

"하앗?!"

토우카는 놀란 목소리를 내며 얼굴을 새빨갛게 물들였다.

그러더니 내가 치우기 전에 재빨리 내 다리를 조르던 자기 다리를 뺐다.

그리고 잠시 동안. 나와 토우카 사이에 어색한 침묵이 흘렀다.

"……변태 선배는, 제가 자랑하는 맨다리를 만져 놓고 아무 말도 안 하는 건가요? 네?"

흥, 하고 시선을 피하면서 토우카는 불만스럽게 말했다.

"날씬한데도 어째서인지 부드럽고…… 또 말랑말랑하다고 할까, 매끈매끈하다고 할까. 남녀 차이가 있으니까 당연하겠지만 내 다리랑은 완전히 다르더라."

토우카의 다리를 만진 소감을, 그녀의 리퀘스트에 응해서 말해주었다.

내 말을 들은 토우카는 놀란 표정으로 얼굴이 새빨갛게 달아올라, 눈물을 글썽이며 말했다.

"그런 게 아니잖아요! 뭐랄까, 좀 더 당황하거나, 부끄러워하거나……, 그런 걸 원한 건데요?! 그보다 지금 그 발언은……, 단순한 성희롱이라고요!"

그렇게 말해도 나는 어떤 발언을 기대했던 건지 모르겠다.

하지만 지금 한 발언은 생각해 볼 필요도 없이 성희롱이 확실했다.

"네 말이 맞아. 미안해, 토우카."

나는 그렇게 말하고 고개를 숙였다.

불쾌한 기분을 들게 해 버렸다. 게다가 이건 예쁘다는 발언에 이어 아마 토우카에 대한 두 번째 성희롱성 발언이다.

역시 토우카는 창피했겠지.

말없이 입을 꾹 다물고, 얼굴을 붉히고서 울먹이는 눈빛으로 이쪽을 보고 있다.

"……정말 미안해. 다시는 그렇게 마음대로 만지거나 하지 않을게."

내가 다시 사과하자 토우카가 허둥거리며 말했다.

"그, 그런 게 아니라요! 그냥, 조금 창피…… 놀랐을 뿐이에요! ……딱히, 선배가 만져서 싫다든가, 그런 건 아니니까, 안심해도 돼요."

토우카는 여전히 새빨간 얼굴로 중얼거렸다.

"아니, 그래도……."

나는 도저히 납득하지 못하고 그렇게 말했지만.

"아무튼! 그럼 팬케이크 주문할 거예요! 반씩 먹을 거니까요!"

내 말을 무시하고 토우카는 점원을 호출해 주문을 했다.

"……정말이에요. 그냥 놀랐을 뿐이고, 딱히 싫다는 건 아니니까요. 신경 쓰지 말아 주세요."

점원이 테이블에서 멀어지자, 토우카는 창피한 표정으로 그렇게 말했다.

그렇게까지 말해준다면 나도 너무 예민하게 굴지는 말아야겠다.

그리고 잠시 후, 갓 구운 팬케이크가 테이블로 서빙되었다.

"와아, 맛있겠다~!"

그렇게 말하고 토우카는 '사진빨 잘 받겠다!'라고 기뻐하며 팬케이크를 스마트폰으로 찍었다.

"자, 그럼. 연인답게 서로 먹여주기를 할까요?"

그리고 그녀는 시선을 내리깔면서 농담하듯 말했다.

그런 토우카의 필사적인 모습이 어쩐지 귀엽게 느껴졌다.

"사양할게."

나는 쓴웃음을 지으며 곧바로 대답했다.

"……사, 사양하면 안 되죠! 전처럼, '두 명의 연인다운 모습이 보고 싶다'라고 누군가가 말한다면, 선배는 제대로 연인다운 행동을, 저랑 자연스럽게 할 수 있다고 생각하시나요?!"

그리고 어째서인지 극도로 흥분한 토우카. 이 녀석 대체 무슨 소리를 하는 거지, 라고 이번에도 생각하는 나.

"그건 저번에 옥상에서 연습했잖아."

학교에서 점심을 먹으며 토우카가 수제 도시락 반찬을 입에 처넣었던 일을 떠올리고, 나는 그녀에게 그렇게 말했다.

"그때 일은 노 카운트인 게 당연하잖아요?!"

"……어, 그런 거야?"

나는 필사적인 토우카의 모습에 조금 질려버렸다.

"……아시겠어요?! 연습에서 못 하는 걸, 실전에서 할 수 있을 리가 없다고요! 이런 건 평소에 꾸준히 연습할 필요가 있어요. 그렇게 해야, '서로 음식을 먹여주는 모습을 보여줄 때까지는, 절대로 연인으로 인정 못 해!'라고 선언하는 비뚤어진 인간의 눈을 속이고 최고로 자연스러운 페이크 염장질이 가능해지는 거라고요! 그러니까, 여차할 때에 대비해, 지금부터 미리미리 연습해야 해요!"

조용하지만 엄청난 기세로 말하는 토우카. 대단한 박력이다.

"그럼 시작할게요, 선배!"

그렇게 말하고 토우카는 곧바로 팬케이크를 잘라 포크에 꽂더니, '아앙~'하고 말하며 내밀었다.

나는 주위에 시선을 보냈다. 다행히 다른 손님들이 우리를 신경 쓰는 것 같지는 않았다. 나는 포기하고 곧바로 끝내는 편이 낫겠다고 생각해 그 팬케이크를 입에 넣었다.

촉촉하고 부드러운 식감.

조금 단맛이 강하다는 생각도 들지만, 그래도 맛있다.

"다, 다음은 선배가 먹여 주세요!"

흥, 하고 나에게 나이프와 포크를 떠넘긴 토우카.

나는 어쩔 수 없이 고개를 끄덕이고 팬케이크를 잘랐다. 그리고 적당한 크기의 조각을 포크로 찍어 토우카의 입가에 옮기고…… 그녀와 눈이 마주쳤다.

토우카는 갑자기 얼굴을 붉히더니, 작은 입을 최대한 벌려 팬케이크를 먹었다.

그녀는 시선을 내리깔고 천천히 우물거리기 시작했다.

나는 빨갛게 물든 그녀의 뺨과 입술에 몇 초 동안 눈길을 빼앗겼다. ……이거 창피하네. 분위기와 기세에 휩쓸려 한번 해봤는데…….

"미안하다, 토우카. 난 이런 거 다시는 남들 앞에서 못 할 것 같아……."

나도 모르게 약한 소리가 입 밖으로 나왔다.

"저도 창피해서, 맛이 전혀 안 느껴져요. 아쉽지만 당분간 이건 봉인 조치를 해야겠네요."

실제로 해보고 이게 얼마나 창피한 짓인지 실감했는지, 토우카는 시선을 피하면서 그렇게 말했다.

"그러자. 토우카가 말한 대로 '서로 음식 먹여주는 모습을 보지 않으면 사귄다고 믿을 수 없어'라고 말하는 녀석이, 그렇게 쉽게 나타나지도 않을 테니까. ……하사키가 예전에 비슷한 소리를 했으니 가능성이 아예 없다는 말까지는 못 한다는 게 불안하기는 하지만."

하사키의 이름이 나온 순간에, 어째서인지 토우카의 표정이 무표정하게 돌변하더니, 어색한 듯이 고개를 숙였다.

"……왜 그래?"

나는 그게 신경이 쓰여 물어보았다.

"그게, 선배가 말했던 '나츠오' 이야기가 떠올라서요."

그러고 보면 나츠오 이야기를 하고 나서부터다. 하사키가 스터디에 참가하지 않게 된 건.

하지만 하사키 이야기가 나온 걸로 나츠오를 떠올린다니, 잘 이해가 안 되는 연상법이네.

"선배는……, 그게. 나츠오를 만나고 싶으시죠?"

"그래, 물론이야."

"……나츠오가, 변했다고 해도요?"

토우카가 심각한 목소리로 말했다. 나는 거기에 말로 답하는 대신 힘 있게 고개를 끄덕였다.

"그런가요. 알겠어요. ……나츠오가 누군지는 짐작이 가니까 한번 말해 볼게요."

어딘지 쓸쓸함이 감도는 표정으로 토우카는 말했다.

"……그건. 다시 나츠오랑 만날 수 있을지도 모른다, 라는 거지?"

저번에 이케와 토우카가 풍기는 분위기 때문에 못 만나는 사정이 있다고만 생각했는데.

꼭 그렇지도 않은 모양이라 나는 놀라움을 감출 수 없었다.

"맞아요. ……친구였다면, 다시 만나고 싶어지는 것도 어쩔 수 없겠죠."

어딘지 스스로를 타이르는 듯한 토우카의 말투가 의아했지만, 그보다 다시 나츠오와 만날 수 있을지도 모른다는 생각에 나는 그저 기쁘기만 했다.

"단! 약속해 줬으면 하는 일이 있어요!"

"약속?"

"네. 선배한테 친구가 생기는 건 전혀 나쁜 일이 아니니까 저도 물론 기쁘지만요. 그래도…… 연인은 저뿐이에요! 다른 여자아이를 꼬드기면 안 되는 건 당연하고, 꼬드김에 당하지 않도록 주의해 줄 거죠?!"

토우카는 눈물을 글썽이며 나를 째릿 하고 노려보았다.

이성과 인연이 없었던 나에게 하사키라는 친구가 생기는 바람에, 어쩌면 토우카는 '가짜' 연인 관계에 악영향이 생기는 걸 걱정하고 있을지도 모른다.

그래서 나에게 진짜 연인이 생기면 곤란하기 때문에, 토우카는 나츠오를 만나게 해준다는 조건으로 이런 말을 하는 것이리라.

……그걸 감안해도 지금 건 평범하게 가슴이 두근거리는 한마디였다는 걸 그녀는 깨닫고 있을까? 나는 그렇게

생각하면서 토우카에게 대답했다.

"안심해. 내 연인은 너뿐이야, 토우카."

"네, 알고 있다면 문제없어요. 전혀."

놀란 표정을 지으면서 토우카는 바닥만 쳐다보며 대답했다.

그리고 내 말에 안심한 후에야 자신이 얼마나 창피한 소리를 했는지 깨달았는지.

토우카는 귀까지 새빨갛게 물들어, 내 시선에서 도망치듯 얼굴을 돌렸다.

# 10
## 시험이 끝나고

인생 첫 스터디 모임을 마무리하고, 드디어 시험 시작일이 되었다.

일주일에 걸쳐 각 과목 시험을 보는데, 이케에게 가르침을 받은 나는 상당히 느낌이 좋았다.

'아, 이건 이케한테 배웠지!'

라는 느낌으로 문제를 풀어, 딱히 고전하는 느낌 없이 시험을 끝냈다.

그리고 시험 기간 마지막 날, 방과 후.

시험에서 해방된 반 아이들이 왁자지껄 떠드는 교실에서 있었던 일이다.

"저기, 하루마, 답 맞춰 보자!"

"나도 하루마 군이랑 답 맞춰보고 싶어~!"

앞쪽에 있는 교탁 근처에서, 남녀 학생 여럿이서 이케를 둘러싸고 그런 말을 했다.

나는 내 자리에 앉아서 귀가할 준비를 하며 그 광경을 보았다.

"답을 맞춰본다고 해도, 꼭 내가 푼 게 정답이라는 보장은 없다니까."

이케는 곤혹스러운 듯이 말했다. 하지만 그런 이케에게 주위 녀석들은,

"에이, 그렇게 겸손하게 굴 필요 없어!"

"이케가 틀릴 리가 없으니까."

"맞아, 맞아. 게다가 만약 하루마가 정답을 못 맞혔다면, 그건 분명 시험 문제를 낸 선생님이 실수했을 거야."

따위 소리를 했다.

이케는 그런 반응에 질려버렸다는 듯이 쓴웃음을 지으며, 그래도 모두가 원하는 대로 답을 맞춰보기 시작했다.

이케가 각 과목에서 자기가 쓴 답을 발표할 때마다 학생들은 일희일비했다.

"현대국어 3번 문제는, ②번이 정답이라고?! ……아아, 이제야 알겠다. 숨겨진 의미에 다시 숨겨진 의미까지 읽어내는 그 사고, 역시 천재야……."

"수학 마지막 문제가 이런 거였나……. 이런 고도의 계산을 실수 없이 해내다니, 정말 대단해."

"이번 국사는 수업에서도 거의 언급 안 한 마니악한 문제도 나왔는데, 퍼펙트라니……. 정말 대단해."

학생들은 이케의 답과 자신의 답을 맞춰보더니 하나같이 진지한 목소리로 칭송했다.

엑스트라의 표본 같은 말들을 늘어놓는 급우들의 반응에 나는 웃음을 터뜨릴 뻔했다.

"대단한 건 아니야. 이번 시험에서 난이도가 높았던 문제는 대학 수험에 도움이 될지 어떨지도 알 수 없는, 높이 평가하기 힘든 항목이니까."

난처하게 웃으며 이케는 주위 아이들에가 말했다.

어딘지 겸손이 느껴지는 이케의 말을 듣고 다들 또 호들갑을 떨었다.

역시 이케답다. 반 아이들의 인망과 신뢰가 대단하다.

그렇게 생각하며 그를 바라보고 있자니, 누군가 말을 거는 사람이 있었다.

"대단하네, 시험 끝난 날의 하루마는 인기 폭발이야. ……토모키 군은 어때, 시험 잘 봤어?"

나에게 그렇게 물은 사람은 하사키였다.

시험 기간이 끝날 때까지 거의 대화할 수가 없어 불안감을 느꼈던 나는, 안심이 되어 숨을 내쉬었다.

"이제까지 본 시험 중에 느낌이 제일 좋아. 이케가 공부를 가르쳐준 덕이지."

"흐음~, 그렇구나. 다행이네."

내 말에 그녀는 무덤덤하게 대답했다.

그리고 나는 교실 앞쪽에 있는 이케에게서 시선을 거두고 하사키에게 물었다.

"하사키는 이케랑 답 안 맞혀 봐도 돼?"

내 물음에 하사키는 이상하다는 듯이 웃었다.

"맞혀 본다기보단 하루마가 쓴 게 어지간해선 정답이잖아? 어디가 틀렸는지 알게 되어서 기분만 가라앉으니까, 나는 그다지~."

하사키의 성적은 언제나 평균 정도일 것이다. 쓴웃음을 짓는 하사키에게 나는 물었다.

"……하사키, 이번 시험 제대로 못 봤어?"

시선을 피하면서 그녀는 대답했다.

"나는 완전 망했어. ……이번 시험에는 영 집중을 못 해서, 성적은 기대하기 힘들 것 같아."

어깨를 으쓱하며 하사키는 말했다.

'그렇구나'라고 내가 그녀의 말에 씁쓸하게 웃자,

"선배~, 집에 가요~!"

라고 교실 출입구 근처에서 누가 내 이름을 불렀다.

나는 손을 들어 그 부름에 대답했다.

그녀…… 토우카는 나를 발견하고 교실 안으로 들어오더니, 곧바로 바로 옆까지 다가왔다.

"시험 보느라 수고했어요~♡ ……아, 하사키 선배도 수고했습니다~."

밝게 웃으며, 토우카는 말했다.

"응, 토우카도 수고했어."

하사키는 토우카에게 그렇게 답하고,

"…그럼 난 슬슬 테니스 스쿨 가 봐야겠네."

라고 말을 이었다.

토우카는 하사키의 말에 '하아?'라고 강한 말투로 중얼거렸다.

이 반응은 뭐지, 라고 나는 이상하게 생각했지만, 하사키는 면목 없다는 듯이 손가락 끝으로 뺨을 긁적였다.

대체 왜 이러는 걸까?

"아, 저기. 나 이번에 테니스 경기가 있거든. ……괜찮으면 둘 다, 응원하러 와 주지 않을래?"

묘하게 주저하듯 말하는 하사키.

토우카는 당연히 거절하겠지……, 라고 생각한 순간에.

"좋아요. 유우지 선배랑 같이 응원하러 갈게요~."

놀랍게도 그녀는 그렇게 대답했다.

"……고마워. 두 사람이 응원해 준다면, 엄청 마음 든든할 것 같아~."

하사키가 말했다. 내 착각일지도 모르지만, 표정에서 왠지 모를 체념이 엿보였다.

"그럼, 난 오늘은 돌아갈게. 둘 다 바이바이!"

하사키는 나와 토우카를 향해 손을 흔들고 서둘러 교실에서 나갔다.

나는 그 등에 대고 '다치지 않게 조심하고'라고 인사했다.

"……괜찮아? 그렇게 쉽게 응원하러 간다고 말해도?"

하사키가 가고 나서 나는 토우카에게 물었다.

지금 두 사람은 사이가 좋지 않을 텐데, 대체 무슨 생각이지?

의문스럽게 생각해서 물어보았지만.

"괜찮다고요, 이걸로."

토우카는 뺨을 부풀리고선, 나와 눈을 마주치지 않고 그렇게 말했다.

화해할 마음이 든 걸까……?

그녀의 표정을 살펴보아도 그건 알 수 없었다.

"……이렇게 계속 교실에 있을 필요 없잖아요. 그만 가요, 선배?"

상냥하게 웃으며 그렇게 말하는 토우카.

그녀의 속마음을 추측하는 건, 나로서는 불가능하다.

"그래, 가자."

나는 토우카와 함께, 소란스러운 교실을 뒤로 하고 하굣길에 올랐다.


☆   ☆   ☆


다음 날 아침.

토우카가 하사키의 초대에 응한다는 상당히 충격적인

광경을 보았기 때문이겠지.

나는 토우카와 하사키가 사이좋게 도시락을 서로에게 먹여주는 이상한 꿈을 꾸는 바람에, 평소보다 일찍 눈을 뜨고 말았다.

평소보다 한참 이른 전철을 타고 학교에 도착해 곧바로 교실로 향했지만, 도중에 마키리 선생님과 마주쳤다.

눈과 눈이 마주쳤다. 하지만 선생님은 곧바로 시선을 피했다

……저번 일 때문에 어색하거나 창피함을 느끼는 모양이다. 나도 똑같으니 그 마음 이해가 간다.

하지만 역시 마키리 선생님은 어른 여성답게 이대로 계속 무시하지는 않았다. 고개를 좌우로 흔들고 입을 꾹 다문 후에, 시선을 돌려 이쪽을 바라보았다.

"……좋은 아침이야, 토모키 군. 오늘은 일찍 등교했구나."

마키리 선생님은 그렇게 인사해왔다. 평소보다 목소리가 딱딱한 건 기분 탓만은 아닐 것이다.

"안녕하세요. 오늘은 평소보다 일찍 잠에서 깼거든요."

내 말도 평소보다 딱딱했는지 모르겠다.

"그렇구나. 수면은 중요하니까 앞으로도 계속 그럴 것 같으면 대처법을 생각해 보렴."

"그러네요."

대화를 하면서도 어딘지 삐걱대는 느낌이었다. 차라리 저번 일을 내 쪽에서 다시 사과하는 편이 좋을까……? 라고 생각하고 있자니,

"그러고 보니."

선생님이 그렇게 운을 떼며 화제를 바꾸셨다.

"토모키 군, 이번 시험 성적이 꽤 좋다고 들었는데."

방금 전까지와 표정이 확 달라져, 온화하게 웃으며 부드럽게 말했다.

나도 그 온화한 목소리에 방금 전까지의 긴장을 풀고 대답했다.

"확실히 아직까진 평소보다 잘 봤다는 생각이 드네요. 이케가 공부를 봐준 덕분입니다."

"어머, 그랬구나. 이케 군도 변함없이 성적이 좋으니, 둘 다 노력 많이 했구나."

마키리 선생님은 부드럽게 웃으며 말했다.

"그런데 제 성적은 어떻게 알고 계시는 거죠?"

내가 저번보다 성적이 잘 나와서 선생님들 사이에서 커닝 의혹이라도 제기된 걸까 싶어 신경이 쓰였다.

"딱히 편애하는 것까지 아니지만. 그래도 역시 토모키 군 일은 신경이 쓰여서 말야."

"신경이 쓰인다고요? 그건…….."

역시 문제아 취급을 당하는 나를 마키리 선생님이 은연

중에 배려해 주고 있는 걸까, 라고 나는 심각하게 생각하려 했다.

스스로 생각한 것보다 표정이 절박했던 걸까?

그녀는 내 얼굴을 보더니, 퍼뜩 놀란 표정으로 황급히 입을 열었다.

"아, 아냐! 시, 신경 쓰인다는 건……, 그런 뜻이 아니야!"

마키리 선생님은 그렇게 말하더니 시선을 여기저기 헤맸다. 뺨이 평소보다 붉게 달아오른 걸 알 수 있었다.

학생인 내가 교사인 마키리 선생님의 별 뜻 없는 말을 너무 깊이 생각한 게 문제지만, 그래도 학생에게 불안감을 준 게 창피하게 느껴졌는지도 모르겠다.

"……알겠습니다."

나는 선생님의 속마음을 짐작하고 그렇게 대답했다.

그녀는 '……정말로 아는 걸까?'라고 아직 조금 뺨이 달아오른 채로, 의아한 듯이 이쪽을 보고 있었다.

"뭐, 그렇다면."

그렇게 중얼거리고는 후우, 하고 한숨을 내쉬고 계속해서 말했다.

"저번에 학생 지도실에서 있었던 일 있잖아."

그 말을 듣고 그때 일어났던 일을 떠올렸다. 내가 마키리 선생님께 깔렸던 때의 일이다. 나는 말없이 고개를 끄덕였다.

"다시 말할게. 잡아줘서 고마워. ……그리고, 토모키 군은 몸에 이상 없지? 다친 곳은?"

걱정스러운 표정으로 그녀는 나에게 물었다.

"몸은 아무 이상 없습니다. 튼튼한 것만이 자랑인걸요."

내가 곧바로 대답하자 그녀는 인자하게 웃으며 '다행이야'라고 말했다.

"마키리 선생님이야말로, 괜찮으신가요? 어딘 부딪히거나 하진 않으셨나요?"

"그래, 네 덕에 아무 이상 없어."

"다행이네요."

그때는 너무 동요해서 선생님이 다치진 않았는지 제대로 확인하지 못했는데, 괜찮다고 하니 마음이 편해진다.

내가 그렇게 안심하고 있자, 마키리 선생님은 겸연쩍은 듯이 이쪽을 살피면서,

"그때 내 실수 말인데, 그다지 떠올리지 말아 주면…… 고맙겠어."

라고 말했다.

"네, 알겠습니다."

나는 쓴웃음을 지으며 그렇게 대답했다.

마키리 선생님과 밀착하는 그 충격 체험을 잊는 건 도저히 불가능하겠지만, 최대한 떠올리지 않도록 선처해야겠다.

"고마워. 그렇게 말해 줘서."

마키리 선생님도 씁쓸하게 웃었다. 그리고 이어서 나에게 질문했다.

"저번에 상담한 일은, 순조롭게 되어가고 있니?"

토우카와 하사키의 관계에 대해 했던 상담이다. 나는 조금 생각한 후에 대답했다.

"그러게요. 아직 제대로 화해한 건 아니지만, 선생님의 조언대로 두 사람이 대화할 자리를 만들었더니 생각 이상으로 관계가 호전된…… 것 같습니다."

토우카가 하사키의 권유를 순순히 받아들인 게 무엇보다 큰 증거다.

이제까지의 분위기로는 분명 무시했을 텐데. 적어도 두 사람의 관계가 예전보다는 좋아졌다고 나는 생각한다.

"그거 다행이구나. 하지만 낙관은 금물이야. 앞으로도 네가 그 친구들을 잘 지켜봐 주도록 해."

"그러네요. 두 사람은 여전히 감정의 골이 깊을 테니, 앞으로도 가능한 한 서포트할 생각입니다."

마키리 선생님의 말대로다. 관계가 호전되었다고는 해도, 두 사람이 목표인 '친밀한 사이'가 되려면 한참 멀었다. 내가 대단한 일을 할 수는 없지만, 그래도 어떻게든 힘이 되도록 앞으로도 할 수 있는 일을 해야겠다.

그런 생각을 하고 있는데, 마키리 선생님은 내 표정을

보고 미소를 지었다.

"토모키 군도, 그 친구들도. 잘 될 수 있도록 응원할게."

그 올곧은 말에 허를 찔린 나는, '……감사합니다'라고 음침하게 대답했다.

"그럼, 오늘 하루도 힘내자."

"넵."

마키리 선생님은 나에게 그렇게 말하고는 다시 걸음을 옮겼다. 그 뒷모습이 복도를 꺾어 보이지 않게 될 때까지 잠깐 그 자리에 서 있었지만, 그 후에는 나도 교실을 향해 걷기 시작했다.

그리고 교실에 들어와 내 자리에 앉은 후에, 벽에 설치된 시계에 시선을 주었다.

마키리 선생님과 대화를 나눴지만, 그래도 여전히 평소보다 일찍 등교했다.


교실 창문으로 비쳐드는 아침 햇살을 상쾌한 기분으로 바라보며, 일찍 일어나는 사람이 뭐라도 건진다, 라는 옛말이 의외로 정말일지도 모른다고 생각했다.

# 11
## 응원

"으으~, 덥네요~."

뜨거운 태양에 실눈을 뜨고 괴로운 듯이 신음하는 토우카.

"확실히 덥긴 덥네. 이렇게 날이 더운데도 대회에 나가는 선수들도 참 대단하다."

"그러네요~. 그보다 이렇게 햇빛이 강하면 피부가 탈 것 같아서 겁나요. ……나중에 선크림 다시 발라야겠어요."

하아, 하고 한숨을 내쉰 후에 토우카는 자신의 팔을 쓰다듬으며 중얼거렸다.

오늘은 휴일이다.

나와 토우카는 하사키를 응원하기 위해 시립 운동공원에 와 있었다.

우리는 테니스 대회가 열리는 테니스코트 방향으로 걷고 있었다.

하사키가 와 달라고 말했을 때는 놀랐지만, 그녀의 입장에서는 토우카와 화해할 계기가 되면 좋겠다고 생각했겠지.

어느 쪽인가 하면, 나로서는 역시 토우카의 속마음을 잘 알 수 없었다.

어째서 그렇게 선뜻 응원하러 가겠다고 말한 걸까? 그건 아직도 모르겠다.

하지만 투덜거리면서도 그 제의에 응하는 걸 보면 의외로 토우카도 화해를 원할지도 모른다…… 라는 건 지나치게 낙관적인 생각일까.

"……아, 맞아! 선배는 피부색이 하얀 여자애랑 까무잡잡한 갈색 여자애 중에, 어느 쪽이 좋으세요?"

번뜩였다, 라는 듯이 신나서 묻는 토우카.

"어느 쪽도 상관없어. 본인이 좋은 게 제일이지."

내 대답에 토우카는 시시하다는 표정을 지었다.

"……그럼 질문을 바꾸겠는데요. 갈색 피부인 저를 보고 싶다고 생각하나요?"

그 질문에 나는 피부가 까무잡잡하게 탄 토우카를 떠올렸다.

"어울릴지는 잘 모르겠지만, 한번 보고 싶기는 하네."

"그 미묘한 대답은 대체 뭐예요! 보고 싶다면 보고 싶다고 말해주세요, 그러면 분발해서 태워 볼 텐데~!"

불만스러운 듯이 말하는 토우카.

어쩌면 선탠에 조금 흥미가 있지만 좀처럼 결단을 내리지 못하고 있는 걸지도 모른다.

내가 보고 싶다고 말하면 그걸 일종의 구실로 삼아 열심히 피부를 태우려는 거겠지.

하지만…….

"토우카는 하얗고 깨끗한 피부를 가지고 있으니까, 태우는 건 왠지 조금 아까운 기분이 드는걸."

그 말을 듣고, 내 시선을 깨달은 토우카는 두 팔을 샤샥 뒤로 돌렸다.

그리고 얼굴을 새빨갛게 물들이고, 눈물을 머금고 나에게 항의했다.

"무, 무슨 소리를 하는 거예요?! 언제나 선배는 저를 그런 식으로 보고 있었나요? ……그, 그보다 그건 성희롱이라고요. 엄청 기분 나쁘다고요! 선배, 요즘 저한테 성희롱적인 발언을 너무 많이 하는 거 아니에요?!"

단숨에 말을 쏟아내는 토우카.

내 딴에는 칭찬으로 한 말이었지만 확실히 성희롱으로 받아들여도 어쩔 수 없었다고 반성한다.

"미안해, 토우카. 불쾌했구나."

그리고 내 의사소통능력이 얼마나 낮은지 새삼 깨닫고 기분이 울적해졌다.

내심 풀이 죽은 나를 보고, 토우카는 크흠 하고 한 차례 헛기침을 했다.

"……딱히, 그렇게까지 불쾌한 건 아니에요. 그리고 역시 불쾌하지도 않았고요. 성희롱 발언이 많은 것도 제가 너무 귀여워서 선배의 시선을 빼앗는 게 문제니까요. 선배는 욕망이 시키는 대로 제 깨끗한 피부만 계속해서 보면 되는 거예요. 제가 허락해 줄 테니까 굳이 사양할 필요 없어요."

그렇게 수줍은 듯이 뺨을 붉히고 고개를 돌린 채로 토우카는 대답했다.

내가 침울해 하니까 말이 심했다고 생각해 이렇게 말해 주는 거겠지.

고마운 일이라고 생각했다.

"그렇구나. 흘끔흘끔 훔쳐보진 않을 테니까, 안심해."

"……그러니까, 정말로 싫은 건 아니라니까요."

내 말에 토우카는 작게 대답했다. 안다, 토우카의 배려는 나도 잘 이해하고 있다.

"오, 왔구나, 둘 다!"

그런 대화를 하다가 어느새 어느새 목적지에 도착한 듯했다.

우리에게 말을 건 사람은, 이케였다.

"이케, 너도 와 있었구나."

"정말? 언제 집에서 나왔는지도 몰랐네. 존재감이 없어

~, 진짜 웃기네~."

토우카는 만나자마자 놀리듯이 이케에게 말했다.

"너야 유우지만 생각하느라 나 같은 건 집에 있든 없든 신경도 안 쓰니까 그렇지."

되받아치듯 말하자, 토우카는 얼굴이 새빨개져서 이케를 노려보았다.

"뭐? 기분 나빠, 성희롱이야. 지금 거 완전 성희롱. 다시는 말 걸지 마, 재수 없으니까. 그보다 유우지 선배 앞에서 그런 소리를 한다니 믿을 수가 없네. 진짜 최악."

이케는 어깨를 으쓱하고는 나에게 말을 걸었다.

"붙임성이 없는 동생이라서 미안해."

"나한테는 꽤 신경을 써 주는데 말야."

"당연하지! 망할 오빠랑 유우지 선배를 똑같이 대할 리가 없잖아! 그렇죠, 선배♡"

아니, 토우카. 아까 나한테도 비슷한 말 했잖아?

……라는 말이 목까지 올라왔지만 삼켰다.

하지만 얼마 전까지만 해도 철저히 거부했는데, 이렇게 농담(이겠지, 아마)을 주고받는 사이가 된 건가.

나는 기뻐하는 한편, 결국 내가 아무것도 하지 않아도 둘의 사이는 이렇게 좋아졌구나 하고 스스로에게 한심함을 느꼈다.

토우카와 하사키의 관계도, 조금만 더 시간이 지나면 간단히 회복되면 좋을 텐데.

"왜 그러세요, 선배? 안색이 조금 어두워 보이는데요?"

"사이가 꽤 좋아졌구나……라고 생각해서."

내 말에 이케와 토우카는 놀란 표정을 지으며 서로 얼굴을 마주 보았다.

그러더니 상냥하게 웃으며 토우카가 말했다.

"선배 덕분이죠."

"뭐, 그런 거지. 고마워, 유우지."

이케도 그렇게 말했다.

……짚이는 일이라면 이케, 토우카, 하사키와 함께 놀러 갔던 일 정도. 하지만 그때도 나는 자리를 마련했을 뿐 아무것도 하지 않았다.

영 와 닿지 않아 나는 잠시 생각해 보았지만, 결국 답은 알 수 없었다.

이 둘이 과대평가하는 이유가 뭔지 궁금해져, 물어보려고 입을 연 순간에.

"그런데 하사키 선배는 어디 있어?"

토우카가 이케에게 말을 걸었다. 대화가 이런 식으로 흘러가면 나로서는 질문하기 힘들다.

나중에 기회가 되면 물어보기로 하자.

"카나라면 지금 코트에서 경기하고 있어."

이케가 토우카의 질문에 답하며 코트를 손가락으로 가

리켰다.

그쪽을 보니 여자 경기가 한창이었다.

확실히 하사키 카나는 그곳에 있었다.

하지만 거기에 있는 사람은 내가 아는 밝고 명랑한 인상의 하사키가 아니었다.

진지한 표정으로 공을 쫓으며 경기를 주도적으로 끌고 가는 그녀는 마치 다른 사람 같았다.

그녀는 긴 랠리를 제압하고 손을 번쩍 치켜들며 호전적인 함성을 질렀다.

평소에 보지 못한 하사키의 그 모습이 멋있게 느껴졌다.

그래서인지 시선을 피하지 못하고 경기에 빠져들었다.

"유우지 선배? 하사키 선배를 너무 뚫어져라 보는 거 아니에요?"

코트 위에 시선이 못 박힌 나에게, 토우카가 싸늘한 시선을 보내며 어두운 목소리로 말했다.

"아는 사람이 경기를 뛰는 모습을 열심히 보는 것뿐이야. 문제 될 건 없잖아?"

토우카는 내 대답을 듣고 아무 말 없이 이쪽을 바라보았다.

뭔가 불쾌해질 만한 행동이라도 했나?

……생각해 봐도 모르겠다.

아무 말도 하지 못하는 나에게, 토우카는 시시하다는 듯

이 한숨을 내쉬고는,

"그러네요~, 선배는 움직일 때마다 출렁거리는 하사키 선배의 가슴이랑 스커트를 열심히 보는 것뿐이겠죠. 네에 ~, 아~무 문제 없……을 리가 있나요, 바보! 이 색골 양아치 선배!!"

비난 섞인 시선을 보내면서 혼자서 딴죽 개그까지 해내는 유쾌한 토우카.

어딘지 분한 표정으로 노려보는 토우카에서 시선을 옮겨 코트에서 경기 중인 하사키 쪽을 보았다.

그리고 그 말을 듣고 처음으로 의식했는데…….

확실히 하사키의 가슴은 라켓을 휘두를 때마다 출렁거리고 있다.

그리고 코트를 종횡무진으로 뛰어다니는 그녀의 스커트는……, 보고 있자니 두근거리는 순간도 있었다.

나는 거기에서 시선을 피했다.

원래는 하사키의 멋진 모습에 반했을 뿐이지만, 확실히 나는 지금 하사키의 가슴과 스커트에 의식을 빼앗겨 있었다.

……무시무시하군.

그렇게 생각하면서 나는 다시 토우카 쪽으로 시선을 옮겼다. 여전히 나를 싸늘한 눈초리로 보고 있었다.

"……그런 파렴치한 눈으로 하사키를 보진 않았어."

"거짓말, 분명히 야시시한 눈으로 보고 있었어요."

토우카는 그렇게 단언하더니,

"저도 오늘 스커트를 입고 올 걸 그랬네요. 그랬다면 선배가 보일락 말락 한 하사키 선배의 스커트에 홀려서 시선을 빼앗기는 일은 없었을 텐데요. 미처 배려하지 못해서 죄송해요, 스커트 페티시 선배!"

분하다는 듯이 입술을 깨물고는 자신이 입은 타이트한 청바지를 손바닥으로 팡팡 두드리면서 분통을 터뜨렸다.

……이런 상황에선 무슨 말을 해야 하지?

어떻게 대답해야 할지 몰라 나는 잠시 조용히 있었지만…….

"나야 둘이 사이가 좋은 건 대환영이지만, 하나만 물어봐도 될까? ……평소에도 이렇게 깨가 쏟아지는 느낌인 거야?"

이케가 쓴웃음을 지으며 나에게 물었다.

딱히 깨가 쏟아지진 않지만, 확실히 평소에도 이런 느낌이기는 하다.

그렇게 생각하고 나는 대답했다.

"평소에도, 대체로 이런 느낌이지."

"그렇구나. ……저기, 유우지. 나를 형님이라고 불러도 되거든?"

"무슨 소릴 하는 거야?"

신나서 농담을 던지는 이케에게 내가 어이없다는 듯이 대꾸하자,

"확실히 아직 좀 성급했나."

라고 상쾌하게 웃는 이케.

성급하고 뭐고, 사실 우리는 가짜 연인이야……, 라고 말한다면 역시 이케도 놀랄지 모른다.

하지만 이런 농담을 들으면 토우카는 기분이 나쁘지 않을까, 라고 생각해 그녀 쪽을 보니.

"……망할 오빠 짜증나, 성희롱이잖아, 대체 무슨 헛소리야. 기분 나빠, 지옥에나 떨어져 버렸으면……."

새빨갛게 달아오른 얼굴로 그런 소리를 중얼거리고 있었다.

그러더가 결국 입을 다물고 한 마디도 하지 않았다.

……토우카가 엄청 화를 내는걸, 이라고 나는 전율했지만,

"내 여동생이 남자친구 앞에서 이렇게 귀엽고 얌전할 거라고는, 꿈에도 생각 못 했어."

이라며 씨익 웃는 이케.

아니, 이건 부끄러워하는 게 아니라 단순히 화내는 거잖아?

나는 그렇게 생각하고 이 완벽 주인공의 둔감함에 그만 말문이 막혔다.

그런 대화를 하는 도중에 갑자기 관중석이 와앗 하고 끓어올랐다.

우리도 코트로 시선을 옮겼다.

"오, 카나의 경기가 끝난 것 같아."

이케의 말을 듣고 스코어를 확인했다.

스트레이트 승, 한 게임도 내주지 않은 압도적인 승리였던 모양이다.

"마지막 서비스 에이스, 엄청나더라~."

"저 코스랑 구속은 너무 무섭지 않아?"

아까 들린 함성은 하사키가 서비스 에이스를 성공시켰기 때문인가.

그 장면을 놓쳐서 아쉽다.

상대 선수와 인사한 후에 코트에서 나온 하사키.

그녀는 타월로 땀을 닦으면서도 지친 표정 하나 보이지 않았다.

우리는 그런 하사키에게 다가가 말을 걸었다.

"카나, 고생했……다고 말할 정도로 힘들어 보이지는 않네."

그 목소리에 하사키가 고개를 돌려 이쪽을 보았다.

"앗, 하루마. 무슨 소리야~. 역시 어떤 경기든 정신적으로 피곤……, 아! 토모키 군, 와 줬구나!"

이케의 말에 대답하는 도중에 눈이 마주친 하사키.

어딘지 놀란 표정을 지으며 나에게 말을 걸었다.

"어, 어."

"……저도 있거든요~?"

자신이 안중에도 없다는 게 불쾌했는지, 토우카의 표정은 굳어 있었다.

"아, 토우카쨩도 와 줬구나, 고마워!"

웃으면서 손을 흔드는 하사키.

토우카는 '네, 왔어요~'라고 작게 대답했다.

그 태도를 보고, 살짝 쓸쓸한 표정으로 웃는 하사키에게 나는 다가가서 말했다.

"좀 전 경기 대단했어. 하사키, 상당히 강하구나."

"으, 응. 고마워……."

내가 다가간 거리만큼 뒤로 물러나는 하사키.

……역시 이 험악한 얼굴을 코앞에서 보면 부담되겠지, 미안하다. 생명의 위협을 느끼고 한 걸음 물러서는 것도 어쩔 수 없다.

"미안해, 토모키 군. 아마 나, 지금 땀 냄새가 많이 날 거라서……. 그게, 조금 떨어져 있어 주지 않으면, 창피하거든."

그런 식으로 상처를 받는 나를 위해 하사키는 배려의 말을 해주었다.

그렇게 말하는 하사키의 뺨이 살짝 상기된 걸 보니, 정말로 창피한 듯했다.

내 얼굴이 무서워서 그러는 게 아니라고 믿어도 될지도 모르겠다.

"아아, 미안해. 그건 몰랐어. 생각해 보니 그렇게 움직인다면 땀 정도는 흘리는 게 당연하지. ……아, 맞다. 테니스를 할 때의 하사키는 정말로 멋있었어."

나는 다시 정신을 차리고 시합을 본 감상을 말했다.

"어, 정말로? 어머, 왠지 기쁘네~."

데헤헷, 하고 수줍게 웃는 하사키에게,

"……뭐, 선배는 하사키 선배의 출렁거리는 가슴이랑, 뒤집어질 듯 말 듯 팔랑거리는 스커트에 시선이 고정되어 있었을 뿐이지만요."

차가운 목소리로 토우카가 말했다.

인마, 대체 무슨 소리를 하는 거야…….

그렇게 생각하고 있자니, 하사키가 '흐에엣?!'하고 소리치면서 황급히 자기 팔로 가슴을 가리고, 나머지 한쪽 손으로 스커트 끝자락을 눌렀다.

"……토모키 군, 토우카쨩 같은 예쁜 여자친구가 있으면서도……. 나한테, 그렇게 관심 있는 거야?"

그리고 겁내는 듯이 새빨개진 얼굴로 몸을 덜덜 떠는 하사키.

그런 건 아니야, 라고 대답하려다가…….

"그럴 리 없잖아요! 선배는 저 말고는 관심이 없다구요!"

허둥거리면서 하사키의 말을 부정하고, 힘주어 단언하는 토우카.

"그, 그렇겠지……. 아아, 정말. 깜짝 놀랐네."

하사키는 메마른 웃음을 띠면서 안심한 듯이 숨을 내쉬었다.

"아, 그럼 난 잠깐 쿨다운하고 올 테니까, 이따가 보자!"

생각났다는 듯이 하사키는 그렇게 말했다.

그리고 몸을 빙글 돌려서 뛰어가려 했다.

나는 그녀의 뒷모습에 한마디 말을 건넸다.

"다음 경기도 응원할게."

내 말에, 하사키는 걸음을 멈추고 뒤를 돌아보더니 대답했다.

"응. ……응원해 줘서, 정말로 기뻐. 나, 열심히 할게."

그러더니 그녀는 각오가 배어나오는 늠름한 표정으로 고개를 끄덕였다.

그 표정을 보고.

뭔가에 열중하는 모습이란 역시 멋있구나, 하고 나는 다시금 생각했다.


☆　☆　☆

잠시 후에 하사키의 두 번째 시합이 시작되었다.

나와 이케와 토우카는 나란히 앉아서 그녀의 시합을 관전했다.

하사키의 서비스 게임으로 시작되었다.

어느 정도의 속도인지는 정확히 알 수 없지만, 하사키의 서브를 어찌어찌 받아내는 상대 선수.

찬스 볼을 차분하게 스매시, 일단 선취점을 획득했다.

"……강하단 말은 들었지만, 정말로 압도적이구나, 하사키는."

"이번 대회 1번 시드니까."

"대단하네. 그런데 지금 상대는 실력이 어느 정도지?"

"우리랑 동급생이고, 저번에는 베스트16이었다더라."

"상대도 강한 선수구나."

이런저런 대화를 하면서 시합을 보았다.

상대 선수는 첫 실점에 대해서는 마음을 비웠는지, 그 이후에 거기에 연연하지 않고 경기에 임했다.

하지만 하사키와는 현저한 실력차가 났다.

어려움 없이 랠리를 제압한 하사키가 일단 1게임을 선취했다.

"1포인트도 내주지 않을 줄이야."

"테니스는 서브권이 있는 쪽이 유리하다고 하는데, 하사키 선배는 예전부터 서브가 특기였거든요. 그래도 한

번도 실수를 안 한다는 건 대단하지만요."

토우카의 해설에 나는 감탄해서 말했다.

"잘 아네."

"저도 초등학교 6학년에 올라가기 전까지는 테니스를 했거든요. 보고 싶었어요? 제가 테니스 치마 입은 모습?"

장난스럽게 묻는 토우카.

"아니, 그다지?"

내가 고개를 가로저으며 대답하자,

"아아~, 혹시 선배가 제 테니스 치마 입은 모습을 보고 싶다고 말한다면 보여드리려고 했는데~. 아쉽네요! 선배는 앞으로 성심성의 진심을 담아서 부탁하지 않는 한, 저의 테니스 치마를 입은 모습을 못 보게 되었답니다!"

고개를 홱 돌리며 그렇게 말했다.

성심성의 진심을 담아서 부탁하면 보여준다는 소리인가.

그런 생각을 하고 있자니, 이케가 우리를 보고 부드럽게 웃었다.

"정말로 사이가 좋구나, 너희 둘은."

"뭐? 오빠가 새삼스럽게 그런 소리 안 해도, 나랑 유우지 선배는 초절러브러브 염장질 커플인데? 그렇죠, 유우지 선배?"

동의를 구하는 토우카에게 나는 고개를 끄덕였다.

그러자 만족스러운 표정으로 웃더니, 거리를 좁혀 내 쪽으로 다시 앉았다.

이케도 그걸 보고 만족한 듯이 웃었다.

나와 토우카의 사이가 좋다며 기뻐하는 모습을 보니 너무 창피하다.

"그런데 왠지……, 오늘 카나는 힘이 너무 들어간 것처럼 보이네……."

이케는 불안한 듯이 중얼거리며 코트를 뛰어다니는 하사키를 보았다.

나도 하사키를 보았다.

진지하고 필사적인 표정은 기백을 담아 경기에 임하기 때문이라고 생각했지만, 듣고 보니 분명 그게 전부는 아닌 듯했다.

상대 선수의 표정과 비교해 봐도 확연했다. 경기를 유리하게 진행하는 쪽은 하사키인데도 이상하게 궁지에 몰린 표정을 짓고 있었다.

그래도 경기는 별다른 위기 없이 진행되어 간다.

정확한 컨트롤로 역 사이드에 예리한 타구를 날리며, 하사키가 상대의 서비스 게임을 브레이크했다.

"내 괜한 걱정이면 좋겠지만, 어쩌면 컨디션이 망가진 걸지도 모르겠어."

이케가 걱정스럽게 말했다.

"이번 경기가 끝나면, 한번 물어볼까?"

"그래야겠어."

내가 말하자 이케가 동의했다.

"그보다 너무 덥다! 저 음료수 사 올게요! 선배도 뭐 마실래요?"

갑자기 토우카가 자리에서 일어서더니 그렇게 말했다.

확실히 날이 너무 더워서 갈증이 난다. 나는 그 제의를 고맙게 받아들이기로 했다.

"그럼 차로 부탁할게."

"나는 가지고 왔으니까 괜찮아."

"뭐래, 오빠 것까지 사오겠다고 한 적 없거든?"

이케는 토우카의 대답에 살짝 풀죽은 표정을 지었다.

"그럼, 다녀올게요~."

토우카는 그렇게 말하고는 응원석 밖으로 나갔다.

☆　☆　☆

하사키는 그 후에도 순조롭게 시합을 진행하고 있었다.

상대 서브일 때 1게임 내주기는 했지만, 그래도 스코어는 4-1이다.

역시 하사키는 강하다고 생각한 차에,

"토우카가 아직 안 돌아오네."

나는 아직 토우카가 돌아오지 않았다는 걸 깨달았다.

"그러게. 자판기는 근처에 있을 텐데."

이케도 이상하다는 듯이 말했다.

……토우카의 외모는 그야말로 발군이다.

그리고 오늘은 남자 대회도 열리고 있다.

어쩌면 체육계 남자한테 헌팅이라도 당하고 있는지도 모른다.

"잠깐 상황 좀 보고 올게."

그렇게 생각하고 나는 자리에서 일어섰다.

"그래, 부탁할게."

이케는 만족한 듯이 웃으며 나에게 고개를 끄덕였다.

자리에서 일어나, 토우카가 여기로 가지 않았을까 싶은 자판기 쪽으로 이동했다.

그러자 금세 그녀를 발견할 수 있었다.

예상대로 누군가가 토우카에게 달라붙어 있었다.

"응~? 토우카쨩! 부탁이야, 우리 친구였잖아? 너희 오빠 소개 좀 해주지 않을래~?"

"맞아, 우리 진짜로 진지해. 여기서 재회한 것도 무슨 인연이 있을 테니까, 응?"

하지만 남자가 들러붙은 건 아니었다.

토우카에게 말을 건 사람은, 테니스복을 입고 각각 포니테일과 쇼트보브 헤어를 한 여자들이었다.

대화를 들어보니 예전에 알던 사이인 것 같았다.

집요하게 이케를 소개해 달라는 두 사람에게 토우카는 말했다.

"어~, 하지만 그건, 분명 직접 말하는 편이 좋을 텐데~. 그러는 편이 분명 오빠는 기뻐할 거야~."

뒤돌아 서 있기 때문에 표정은 보이지 않았지만, 나는 알 수 있었다.

토우카의 굳은 목소리로, 그녀가 화를 내고 있다는 사실을.

하지만 두 사람은 그녀의 분노를 깨닫지 못한 채로, 얼굴을 마주 보고 말했다.

"에이~, 토우카쨩, 그건 무리야~."

"맞아맞아, 저런 잘생긴 남자한테 말을 걸 용기, 우리한테는 없어~. ……하지만 친해지고는 싶어!"

"그래, 그러니까 의지할 사람은 토우카쨩 밖에 없어~! 다음에 맛있는 거 사줄 테니까, 응? 부탁 좀 들어주라~."

둘은 전혀 물러날 생각이 없어 보였다.

이대로 놔둬도 대인관계 스킬이 엄청난 토우카는 적당히 잘 넘어갈 수 있겠지.

하지만 그렇다고 해서 내버려두기도 불쌍하다.

그렇게 생각하고 나는 토우카에게 다가갔다. 토우카는 아직 모르는 듯했지만, 여자 둘은 내 존재를 깨달은 듯했다.

다가오는 내 표정을 보고 얼굴이 새파랗게 질렸다.

"토우카, 한참 찾았잖아."

내 말에 두 여자가 경악스러운 표정을 지으며 어깨를 움찔 떨었다.

토우카는 곧바로 고개를 돌려 나를 보았다.

"아앙~, 유우지 선배! 저를 찾고 있었다고요? 아~, 기뻐라~♡"

잔뜩 애교를 부리며 간드러지는 목소리에, 여자 둘은 이번에도 믿기지 않는다는 듯이 놀랐다.

그뿐 아니라, 토우카는 방긋방긋 웃으며 내 팔에 달라붙었다.

"미안해, 얘들아~. 남자친구를 기다리게 할 수는 없거든. 그 이야기는 나중에 다시 하지 않을래~?"

토우카의 말에 두 여학생은 순순히 고개를 끄덕거렸다.

"무, 물론이지! 그런 멋진 조포……, 양아……, 분위기 있는 남자친구라니, 부럽다아~."

"그, 그래! 그…… 조금 위험한 느낌이 진짜 멋있다아!"

둘은 그렇게 말하더니 '그럼 또 보자~'라는 말만 남기고 후다닥 도망쳤다.

둘의 뒷모습이 보이지 않게 되자,

"선배, 고마워요~. 이름도 기억 안 나는 예전 지인이 귀찮게 해서 조금 곤란했거든요. 아~, 불편해서 어떻게 해야 할지 모르겠더라고요. 정말 고마워요~."

나를 애절한 눈빛으로 올려다보면서 의외로 가차 없는 소리를 하는 토우카.

이름도 기억하지 못하고 있었나…….

"도움이 되었다니 다행이야."

"그럼요, 선배는 엄청 도움이 되었다고요! 그러니까 상으로 잠시 이렇게 팔짱 껴 드릴게요♡"

내 말에 토우카는 기분이 좋아졌는지 싱글싱글 웃으면서 그렇게 말했다.

"응? 너무 달라붙으면 더우니까, 슬슬 떨어져 주지 않을래?"

토우카도 더울 테니까 무리할 필요는 없지 않을까.

난 그렇게 생각해서 말했지만, 토우카는 갑자기 절망한 표정으로,

"아, 그런가요……."

라고 풀이 죽은 모습으로 나에게서 떨어졌다.

호의를 무시당해서 쇼크를 받았는지도 모른다.

미안하다는 생각은 들지만, 그래도 지금은 너무 덥다. 이해해 줘.

"……언제나 생각하는 건데, 토우카는 폭발하지 않고 꽤 많이 참는구나."

토우카가 아까 처했던 상황을 떠올리고 나는 그렇게 말

했다.

발끈할 만한 말을 듣고도 참는 경우가 많은 아이라고 생각했다.

이케를 소개해 달라는 이야기도, 속으로는 상당히 화가 났을 테지만 그래도 참고 있었으니까.

"지금도 꽤 참고 있는데요, 전."

어째서인지 가시가 돋친 목소리로, 나를 침울한 눈으로 노려보는 토우카.

……하지만, 그랬나.

아직까지도 울분이 남을 정도로 아까의 여학생들에게 화가 났었구나.

그런 스트레스가 너무 쌓이지 않도록 나도 앞으로는 신경을 써야겠다.

그렇게 생각하고 그녀를 보고 있자니, 언짢은 표정에서 확 바뀌어.

토우카가 놀란 듯이 말했다.

"……어라?! 그런데 선배, 언제부터 보고 있었던 건가요?"

"언제부터? 아까 두 사람한테 이케를 소개시켜 달라는 말을 들었을 때쯤……, 이삼 분 전쯤 될까. 그 이전의 일은 몰라."

"그런 거였나요, 깜짝 놀랐잖아요!"

내 대답에 비난에 가까운 반응을 보이는 토우카.

"왜 그렇게 놀라?"

"제가 불쾌했던 건 오빠를 소개시켜 달라고 졸라서가 아니라, 그전에 나왔던 이야기 때문이거든요. 전 완전히 그 이야기를 들은 거라고 착각해서……, 놀랐어요!"

"그런 거였어?"

내 질문에 토우카는 부끄러운 듯이 고개를 끄덕이고 말했다.

"다른 사람들이 저를 '이케 하루마의 여동생'으로밖에 보지 않아도, 선배가 저를 제대로 봐주니까요. 이제는 딱히, 그런 시시한 일로는 화내지 않아요."

그렇게 말하고, 토우카는 나를 똑바로 바라보았다.

"그렇구나."

나 따위가 한 말로 이제까지 품어 왔던 고민이 해결되었다면.

정말로 기쁜 일이라고 생각했다.

"응? 그럼 토우카는 왜 화를 낸 거야?"

내가 묻자,

"……어? 선배, 그걸 일부러 물어보는 건가요?"

어이없다는 듯이 토우카는 말했다.

"말하고 싶지 않다면 안 물어볼게."

내 말을 들은 토우카는 천천히 고개를 가로저었다.

그러더니 입을 열었다.

"아까 둘 중에 포니테일이 아마 하사키 선배의 다음 상대라는 모양인데요. 그래서 이런 말을 하더라고요. '천재는 싫다~, 내가 아무리 노력해도 따라갈 수가 없으니까. 그런 건 비겁하잖아. 토우카쨩도 그렇게 생각하지?'라고요."

그 여학생은 가벼운 일상 토크 정도로 생각했을지도 모른다.

하지만 토우카에게 그 말은.

재능을 갖고 있고, 노력도 그만큼이나 했는데도, 그래도 인정받지 못했던 토우카에게는 도저히 용서할 수 없는 말일지도 모른다.

"재능 운운할 게 아니라, 패션 감각으로 스포츠를 하는 인간이 진지하게 모든 걸 걸고 하는 사람을 못 이기는 건 당연하다고, 어째서 깨닫지 못하는 건지. 그래놓고 뒷담이나 하면서 패배자끼리 상처나 핥아주고 있는 모습이……, 정말로 꼴사나워요."

지긋지긋하다는 듯이 토우카는 내뱉었다.

그러더니 힘없이 웃으며 중얼거렸다.

"……라고 말하면 성격 나쁘다는 소리를 듣겠죠?"

나는 토우카의 말에 말없이 고개를 끄덕였다.

조금 침울해진 듯이 눈을 내리깔고, 그걸 얼버무리듯 뺨을 손가락으로 긁적이는 토우카.

"확실히 성격은 나쁘다고 생각하지만. 토우카의 그런 면, 나는 꽤 좋아하는데."

그렇게 말하자 토우카는 내 쪽을 보았다.

시선이 마주치자, 그녀의 눈동자 안쪽에 경악이 깃들었다.

그러더니 안심한 듯이, 어딘가 창피한 듯이 그녀는 중얼거렸다.

"또, 또 선배는 그렇게 금세 저를 꼬드기려고 한다니까요. 하여간 구제 불능이야."

토우카는 놀리듯 그렇게 말했다.

"하지만……, 저도 그 두 사람을 그렇게 나쁘게 말할 자격은 없지만요."

토우카는 이번에는 겸연쩍은 표정으로 그렇게 말했다.

"무슨 소리야?"

"전에도 잠깐 얘기가 나왔는데, 하사키 선배랑 거리를 두게 된 계기가 있다고 했잖아요. ……그게, 진짜로 상당히 한심한 거라서요."

토우카가 다음 말을 하기를 기다렸다.

"……하사키 선배한테 열등감을 가지고 있어요. 이거, 가능하다면 웃지 말고 들어 주세요. 알겠죠?"

그녀는 그렇게 말하더니 불안한 표정으로 물었다.

"······앉아서 이야기할까?"

서서 할 이야기도 아닌 듯했다.

마침 빈 벤치가 있었기에 우리 둘은 나란히 거기에 앉았다.

토우카는 조금 뜸을 들이고 입을 열었다.

"전 초등학교 3학년 때부터 5학년 때까지 테니스를 쳤거든요. 물론 오빠가 테니스를 했으니까, 저도 지기 싫어서 시작한 거지만요."

손끝을 만지작거리며 토우카는 말을 이었다.

"테니스는 나름대로 소질이 있었던 것 같고, 저 자신도 많이 노력했어요. 그 결과, 저는 테니스를 시작하고 1년쯤 지나서부터 다양한 대회에서 좋은 결과를 내기 시작했죠. 더 노력해서 모두가 나를 인정하게 만들어야지, 라고 생각했을 때······ 하사키 선배가 테니스를 시작한 거예요."

아련한 눈빛으로 말하는 토우카.

그 날의 일을 떠올리는 것 같았다.

"처음에, 하사키 선배는 정말로······ 웃음이 나올 정도로 실력이 꽝이었어요. 그때는 아직 사이가 좋았으니까 자주 가르쳐주기도 했고요. 하사키 선배도 완전히 테니스에 푹 빠져서 점점 실력이 좋아졌어요. 그 모습을 보고 저도 질 수 없다고 생각해서 연습을 했었죠."

아래를 보는 시선.

굳게 주먹을 쥔 토우카.

"……그리고 하사키 선배의 초등학생 시절 마지막 대회 때. 그때까지 저는 하사키 선배한테 시합에서 한 번도 진 적이 없었지만, 그 날 선배한테……, 처음으로 지고 말았어요. ……한 게임도 따내지 못하고요. 엄청 쇼크였어요. 저보다 나중에 시작했는데, 저보다 실력이 훨씬 떨어졌는데. ……순식간에 저를 추월해 버린 게. 엄청……, 엄청 분했어요."

굳은 목소리로 말을 이었다.

"그래도…… 하사키 선배는 테니스를 좋아해서, 언제나 필사적으로, 끝없이 노력했어요. ……그래서 저는, 진 건 어쩔 수 없다고 생각해 버린 거예요. 좀 더 분발해서 다음에는 지지 않겠다고 생각하는 대신…… 일찌감치 패배를 인정해 버린 거죠."

토우카가 짓는 표정에는 바닥을 알 수 없는 감정이 흘러나오는 듯했다.

"그리고 금세 테니스를 그만둬 버렸는데요. 하사키 선배는 그게 마음에 들지 않았던 모양이더라고요. '한 번 시합에 진 정도로 그만둔다니, 이해가 안 돼! 나한테 진 게 분하다면 더 연습해서 실력을 높이면 되잖아'라는 말도 들었지. ……뭐, 맞는 말이죠."

내 표정을 보고 살짝 어색한 표정을 짓던 토우카는, 그렇게 말을 이었다.

"하지만, 그때 저는 그 이상 노력할 마음이 안 들었거든요. '노력해 봐야 아무 소용없다는 게 뭔지, 알지도 못하면서!'라고, 화풀이처럼 소리쳐 버렸어요."

그때쯤 이미 토우카는 '이케의 여동생'으로만 취급되는데에 피폐해져 있었던 것이다. 그리고 당연하게도 그런 감정을 생각해줄 여유도 당시의 하사키에게는 없었다.

"그 후로 저는 하사키 선배와 얼굴을 마주하기가 괴로웠어요. 선배가 테니스로 활약했다는 이야기를 들을 때마다 열등감이 자극당해, 그대로 피하고 계속해서 도망쳐서……. 지금 이런 상황이 되었어요. 어떤가요, 선배? 저 엄청 꼴사납지 않나요?"

자조하는 토우카. 저번에 말했던 '결정적인 패배를 맛보게 한 두 사람'이라는 게 이런 사정이 있었구나, 라고 납득했다.

"생각했던 것보다, 꼴사납네."

토우카에게 나는 그렇게 말했다.

"……아하하. 그렇죠~. 꼴사납죠~."

토우카도 좋은 말을 해줄 거라는 생각은 안 했겠지만, 그래도 내 말이 너무 직설적이었는지 눈물을 글썽거리며 시선을 내리깔았다.

토우카의 가냘픈 몸이, 이렇게 숙이고 있으니 덧없게 보였다.

"……하지만 이렇게 하사키를 응원하러 왔다는 건. 더이상 도망칠 생각 없는 거지?"

내 질문에 그녀는 고개를 들었다.

그리고 내 눈을 똑바로 쳐다본 후에, 한 차례 크게 고개를 끄덕였다.

"그러, 네요. ……하사키 선배한테 도망치지 말라고 말해 놓고 저만 이렇게 계속 도망치는 건, ……역시 너무 꼴사나운 짓이니까요."

하사키에게 도망치지 말라고 말했다니, 이건 무슨 뜻일까.

그건 둘만 아는 일일 테니 여기서 묻는 것도 눈치가 없는 짓일까.

토우카는 자신 없다는 듯이 고개를 숙였다. 도망치지 않는다고 말했지만, 아직도 제대로 각오가 되지 않았을지도 모른다.

"자신의 꼴사나운 부분을 직시하고 극복하려 하는 건. 조금도 보기 흉한 모습이 아니라고 생각해."

나는 그렇게 말하고, 토우카의 머리에 손을 탁 얹어 머리카락을 쓰다듬어 마구 헝클어뜨렸다. 고개를 숙인 토우카가 '뭐예요, 세팅한 게 엉망이 되었잖아요!'라고 화를 내면서도 앞으로 나아가 주지 않을까. 그렇게 생각해서 한 행동이었지만…….

"어?"

라고 당황한 목소리를 내는 토우카.

얼굴을 새빨갛게 물들이고서 나를 올려다보았다.

……아차, 너무 친한 척을 했나.

나는 반성하고, 그녀의 머리에서 재빨리 손을 떼고 자리에서 일어섰다.

"그럼 슬슬 돌아가서 하사키를 응원하자."

토우카는 내가 손을 얹었던 머리를 손으로 정리하면서,

"그래야겠네요. 이 이상 둘이서만 있다간…… 또 선배가 저를 꼬드기기 시작할 것 같으니까요."

얼굴이 새빨개진 토우카는 새침한 태도로 그렇게 말했다.

역시 아까의 행동 때문에 토우카의 기분이 상한 모양이었다.

앞으로는 서투른 스킨십은 피해야겠다.

그렇게 생각하면서, 나는 토우카와 함께 회장으로 돌아왔다.

# 12
## 승패

 회장으로 돌아와, 아까와 같은 장소에 앉은 이케를 금세 찾아내 그 옆에 앉았다.

 "늦었네, 무슨 일 있었어?"

 이케가 나와 토우카를 바라보며 물었다.

 토우카는 이케의 질문에 대답하지 않고, 코트에 있는 하사키를 바라보았다.

 아무래도 그녀는 오빠와 대화할 생각이 없는 듯했다.

 "아니, 별다른 건 없었어."

 나는 토우카의 의사를 존중해 그렇게 대답했다.

 내 대답을 들은 이케는 '그렇구나'라고 중얼거리고 씨익 웃었다.

 "그럼 그렇다고 해둘게."

 이케의 말을 들은 토우카는 '짜증나, 빌어먹을 오빠…….'라고 그에게 아슬아슬하게 들릴 만한 음량으로 중얼거렸다.

 이케의 팬인 여자 두 명과 맞닥뜨리고, 나한테 조심성

없는 스킨십까지 당해 기분이 언짢아 보이는 토우카.

그런 토우카를 조금도 신경 쓰지 않는 듯 태연한 이케.

나도 경기를 보던 그에게 물었다.

"지금 시합은 어때?"

"게임 카운트는 5-3이고 카나의 서비스 게임이야. 이번 게임만 제압하면 이길 수 있어."

나와 토우카가 자리를 떠난 사이에 한 게임을 빼앗겼구나, 라고 나는 조금 놀랐다.

득점판으로 눈이 갔다.

지금은 30-0으로 하사키가 리드하고 있다.

그런 하사키가 서브를 넣었다.

밖에서 봐도 제대로 반응하기 힘든 속구를 간신히 쳐내는 상대 선수.

하지만 하사키에게는 절호의 찬스 볼이었다.

그 공을 역사이드로 날리자, 상대방이 할 수 있는 건 그저 바라보는 것뿐.

이것으로 하사키의 매치 포인트가 되었다.

이제 1점이면 승부가 나는 그런 상황에서…….

"더블 폴트!"

하사키의 서브가 갑자기 두 번이나 연속으로 제구실을 하지 못해, 더블 폴트로 실점했다.

승리가 눈앞에 보여 긴장이 풀렸나?

이제 스코어는 40-30.

1점만 더 실점하면 듀스다. 그러면 흐름은 분명히 상대 선수에게 기울게 될 것이다.

다음 상대가 서비스 게임을 따내면, 게임 카운트는 5-5.

기세를 탄 상대와 자신의 실수로 흐름을 끊은 하사키, 이 이후에 누가 유리해지는지는 말할 필요도 없으리라.

하사키는 심호흡을 하고 라켓으로 공을 몇 번 바닥에 튕겼다.

그러더니 이제까지와 다른 진지한 표정으로 서브를 넣었다.

퍼스트 서브가 들어갔지만, 아까까지와 달리 구속이 느렸다. 컨트롤을 중시했기 때문일까.

이제까지의 서브 속도에 익숙해진 대전 상대에게는 절호의 기회겠지.

허리에 힘을 제대로 실어 스윙으로 공을 강타한다.

하사키의 백핸드로 향하는 궤도, 분명 이번 경기 최고의 리시브다, 라고 생각한 순간.

상대 선수가 친 공이 네트에 걸려 코트 중앙에서 수직으로 붕 떴다.

하지만 네트에 맞은 공은, 느리다.

도저히 타이밍을 맞출 수 있을 것 같지 않았다.

하사키의 라켓은 닿지 않아, 공은 코트에 떨어졌다.

"게임 세트 앤드 매치, 원 바이 하사키."

그리고 심판이 하사키의 승리를 선언했다.

네트에 맞은 공은 상대 선수의 코트 쪽으로 떨어져, 하사키의 득점이 된 것이다.

아쉬워하면서도 어딘지 개운한 표정을 짓는 상대 선수.

무표정하게 코트를 떠나는 하사키.

어느 쪽이 승자인지 헷갈리는 모습이었다.

☆　☆　☆

"괜찮을까, 하사키?"

"……글쎄."

내 질문에 불안한 듯이 이케는 대답했다.

하사키의 다음 경기가 시작되었다.

아까의 경기가 끝나고 표정이 어두운 하사키에게 우리는 말을 걸어 보았지만,

'미안해, 이번 경기는 반성할 게 좀 많아서, 정리 좀 할게.'

그렇게 말하고 거의 상대해 주지 않았다.

그대로 헤어져 지금이 되었다.

"……외부인인 우리가 걱정해 봐야 어차피 코트에 서면

혼자니까. 복잡하게 생각해도 결국에는 응원 말고는 할 수 있는 게 없어요."

토우카는 차분하게 그런 말을 했다.

역시 예전에 테니스 소녀여서 그런지, 조마조마하게 보는 나와 달리 침착하다.

"뭐, 아무리 상태가 안 좋아도…………, 저거한테는 지지 않을 테니까요."

하사키와 마주보는 상대 선수는, 토우카를 귀찮게 하던 그 포니테일 소녀였다.

경기를 시작하기 전부터 어딘가 체념한 듯한 분위기가 감돌았다.

"아무키 컨디션이 안 좋아도, 저렇게 의욕 없는 저급한 상대한테 하사키 선배가 질 리가 없어요."

시시하다는 듯이 토우카는 말했다.

하사키의 승리를 믿어 의심치 않는 듯했다.

하지만 나는 토우카의 말을 들을 때마다 점점 불길한 생각이 들었다.

……이건 혹시 패배 플래그가 아닐까? 라고.


☆　☆　☆


"게임 세트 앤드 매치, 원 바이 하사키."

하지만 그건 괜한 걱정이었다.

이제까지와 차원이 다른 압도적인 실력차를 보여주며 하사키는 일방적으로 게임을 끝냈다.

그야말로 눈 깜짝할 사이였다.

너무 차이가 심하게 벌어져서인지, 포니테일 소녀는 당장이라도 울음을 터뜨릴 듯한 표정이었다.

"……뭐랄까, 오늘 카나는 컨디션 기복이 심하네."

이케가 걱정스럽게 중얼거렸다.

"그런 것 같아."

나도 동의했다.

그리고 우리는 경기를 끝낸 하사키에게 다가갔다.

아까까지보다 더 진한 피로가 엿보이는 하사키와 합류해, 이케는 말을 걸었다.

"축하해, 압승이었구나."

컨디션 문제는 일부러 언급하지 않은 걸까?

그렇다면 나도 승리를 축하하는 말만 하자.

"다음에 이기면 4강이네, 대단한걸?"

우리의 말에,

"둘 다 고마워. 하지만 대단한 건 아냐. 나, 이래 봬도 우승 후보인걸."

말만 들으면 오만하게 느껴질 수도 있지만, 정작 하사키에게서는 자조가 배어 나오고 있었다.

"······미안해, 조금 비꼬는 것처럼 들렸을지도. 역시 아직 컨디션이 제대로 돌아오지 않았으니까, 멘탈 리셋 좀 하고 올게."

하사키가 힘없이 웃자 이케는 고개를 끄덕이고,

"그래. 집중을 방해해서 미안해. 우리는 객석에서 응원할게."

"응원만으로는, 아무런 힘이 되지 못할지도 모르지만."

나와 이케의 말에,

"아냐, 그렇지 않아. 모두가 응원해 줘서 마음이 엄청 든든한걸~. ······정말 미안해, 모처럼 응원하러 와줬는데 꼴사나운 모습만 보여줘서."

하사키는 이쪽을 살피며 그렇게 말했다.

"······아니, 진지하게 테니스를 하는 하사키는, 멋있다고 생각해."

내 말에 분한 듯이 이를 간 후에, 하사키는 어딘지 미안하다는 듯이 고개를 숙였다.

"다음 경기에선, 정말로 멋있는 모습을 보여줄 수 있도록 열심히 해볼게."

그 말을 남기고 그녀는 우리 앞에서 떠나갔다.

나는 정말로 멋있다고 생각했지만, 하사키 자신에게는 만족스러운 플레이가 아니었던 모양이다.

상당히 금욕적인 녀석이네.

"……잘 설명하긴 힘들지만, 왠지 헛도는 느낌인데요~."

방금까지, 한마디도 하지 않은 토우카가 하사키의 뒷모습을 보며 어딘가 어이없다는 듯이 그렇게 말했다.

"그러게."

이케가 짧게 대답했다.

나도 거기에 동의했다.

어떤 경기든 궁지에 몰린 듯한 표정으로 임하는 하사키.

그런 필사적인 모습을 멋있다고 생각하는 반면에.

좀 더 시원시원한 플레이도 보고 싶다는 생각이 들었다.

☆　☆　☆

하지만.

내가 원했던 하사키의 플레이를 이날, 결국 볼 수 없었다.

"게임 세트 앤드 매치, 원 바이 아리스."

심판이 호명한 승자의 이름은, 하사키의 대전 상대.

스코어는…… 6-0.

두 손을 무릎에 대고 몸을 숙인 자세로, 괴로운 듯이 거친 숨을 몰아쉬는 하사키.

관객석에서는 옆얼굴밖에 보이지 않지만, 그래도 그녀

의 분한 마음은 쉽게 알 수 있었다.

자신보다 강한 하사키를 쓰러뜨린 대전 상대는 환희하고, 많은 동료들에게서 따뜻한 격려를 듣고 있다.

──이렇게.

유력한 우승 후보로 손꼽히던 하사키 카나는 베스트8에서의 패퇴가 결정되었다.

☆　☆　☆

"아하하~, 미안해, 좋은 모습도 보여주지 못하고 져 버렸네."

우리는 코트에서 나온 하사키와 다시 얼굴을 마주했다.

그녀의 표정은 조금도 밝은 구석이 없고, 그저 미안하다는 듯이 웃고 있었다.

……무리하고 있다는 게 뻔히 보였다.

사실은 분해서 어쩔 수 없겠지만, 그래도 우리 앞이니까 괜찮은 척하고 있는 것이다.

"테니스 시합을 보는 건 이게 처음이었는데, 재미있었어. 응원할 테니까 또 불러 줘."

나는 하사키의 말에 대답했다.

지기는 했지만, 나는 하사키를 대단하다고 생각했고 멋있다고도 생각했다.

그게 전해지면 좋겠다고 생각했지만,

"……응, 다음에는 꼭 멋있는 모습을 보여줄 수 있도록, 노력할게."

그녀의 표정을 보니 잘 전해지지 않은 모양이었다.

"카나, 이제부터 어떻게 할 거야?"

이케가 하사키에게 물었다.

그녀는 시선을 내리깐 채로,

"이제부터 쿨다운한 후에 나머지 시합을 보려고. …… 그러니까, 괜찮다면 혼자 있게 해줄 수 있을까?"

작은 목소리로 힘없이 말하는 하사키.

"그렇구나. 그럼 우리는 먼저 갈게. 카나도 귀갓길 조심하고."

이케는 하사키의 말에 따라 그녀를 혼자 둘 생각인 듯했다.

"응, 그렇게. 오늘은…… 응원하러 와줘서 고마워, 토모키 군, 토우카쨩."

"음……, 나는?"

"아, 미안. 깜빡 잊었어. 하루마도 고마워."

"전혀 고마워하는 느낌이 안 드는데."

못 말려, 라면서 이케가 어깨를 으쓱하자 하사키는 조금이나마 평소와 같은 해맑은 웃음을 지었다.

"그럼 우리는 갈게."

"응, 바이바이."

하사키는 그렇게 말하며 손을 내밀어 가볍게 흔들었다.

나와 이케는 손을 들어 인사하고, 토우카는 가볍게 고개를 숙였다.

──그리고 우리는 역까지 걸어갔다.

역까지 오는 동안에는 거의 대화를 하지 않았다.

각자 하사키가 오늘 보여준 모습이나 몸 상태에 대해 마음속으로 생각하고 있나보다.

"저기, 하사키를 저대로 둬도 괜찮은 걸까?"

내 말에 둘은 그 자리에 멈춰 서서 돌아보았다.

나는 스포츠에 몰두해본 적이 없기에 졌을 때 얼마나 분한지 모른다.

그래서 그녀가 지금 실제로 어떤 기분인지, 나로서는 짐작할 수도 없다.

"……혼자 있고 싶은 순간은, 분명 있을 거야. 카나한테 그게 지금이라도 해도 이상하진 않다고 생각하고."

"저도 시합에서 졌을 때는 혼자 있고 싶은 기분이 들거든요. 특히 저런 상황이라면요."

"……그렇구나. 하사키의 기분을 생각하면 그냥 놔두는 편이 제일이라는 건가."

"그건……, 꼭 그렇다고는 생각하지 않지만. 그래도 카나가 혼자 있고 싶다고 말한다면, 나는 존중해주고 싶어."

이케의 말에 토우카도 고개를 끄덕였다.

나와 달리 커뮤니케이션에 능하고 같은 종목을 경험해본 두 사람이 그렇게 말한다면, 아마 그게 정답이겠지.

"그런가. ……이상한 소리를 했네, 미안해. 그럼 나는 잠깐 화장실 들렀다가 갈 테니까 여기서 헤어지자."

내 말에 이케와 토우카는 어딘가 어이없다는 듯이 웃었다.

그래도 말리지 않는다는 건. 분명, 하고 싶은 대로 해도 된다는 것이겠지.

"그렇구나. 그럼 나중에 보자."

"이따가 연락할 테니까, 제대로 답장 주셔야 해요, 선배."

둘은 웃으면서 나에게 말했다.

그 후로 나는 가볍게 고개를 숙인 뒤에 걸음을 돌렸다.

──쓸데없는 참견, 이라고 생각한다.

여기서 돌아가는 게 정답이라고 머리로는 알고 있다.

하지만 나는 이래 봬도 그 녀석의 친구다.

친구가 되자는 말을 들었다는, 고작 그뿐인 관계라 해도.

나에게는 귀중한 친구다.

솔직히 말해서 내가 뭘 할 수 있을지는 모르겠다.

하지만 친구가 괴로워할 때는, 할 수 있는 게 아무것도 없더라도 곁에 있어주고 싶다.

그런 제멋대로의 자기만족을 가슴에 품고, 나는 왔던 길을 되돌아갔다──.

# 어느 남매의 대화

"토우카, 그대로 유우지가 집으로 돌아갔다고 생각해?"

역 플랫폼.

한 쌍의 남녀가 전철을 기다리고 있었다.

그 둘의 외모는 주변 모두가 시선을 빼앗길 만큼 대단해, 여기저기서 작게 선망의 목소리가 들려왔다.

"아니."

소년의 말에 소녀는 어딘지 언짢은 듯이 한 마디로 대답했다.

"나도 그렇게 생각해. 유우지는 분명히 카나가 있는 곳으로 갔을 거야. ……자신이 아닌 다른 여자아이를 위해서 남자친구가 움직이는데, 토우카는 싫지 않아?"

어딘가 시험하는 듯한 말투로 소년은 소녀에게 물었다.

"그야 당연히 싫지. 선배가 하사키 선배한테 '친구'로서 갔다는 건 이해하지만, 그래도 역시 싫은 건 싫어."

누구나 반할 정도로 가지런한 그 표정을, 소녀는 불쾌하다는 듯이 일그러뜨리고 곧바로 대답했다.

"하지만 어쩔 수 없다는 생각도 들어. 난 그렇게 무작정 사람 좋기만 한 선배의 성격이, 너무 좋으니까. 난 안 말려. ……말릴 수 없어."

쓸쓸한 표정으로 고개를 숙인 소녀를 보고 소년은 하얀 치아를 드러냈다.

"어? 왜 웃는 거야, 기분 나쁘게."

소녀는 공격적으로 말했다.

그래도 여전히 웃음을 무너뜨리지 않는 소년은, 소녀에게 상냥한 목소리로 말했다.

"유우지가 토우카의 남자친구가 되어 줘서, 다행이야."

불만스럽기는 해도 어딘지 복잡한 표정을 지으며,

"선배가 연인이라니, 그야 당연히 최고잖아……."

소녀는 새빨갛게 달아오른 얼굴로 소년의 말에 대꾸했다.

# 13
## 흔적


"안녕."

테니스코트에서 벌어지는 준결승전을 바라보던 하사키.

회장 한구석에서 우울한 표정으로 있는 그녀 주위에는 사람이 전혀 없었기 때문에, 쉽게 발견할 수 있었다.

그런 하사키에게 나는 최대한 가벼운 말투로 말을 걸었다.

하사키는 내 목소리에 놀라서 눈을 휘둥그레 떴다.

아무래도 그녀는 멍한 상태라서 내가 다가가는 걸 깨닫지 못한 모양이었다.

"······으응."

그녀는 곤혹스러워 하면서도 인사해 주었다.

내가 멋대로 돌아와도 노골적으로 싫다는 표정을 짓지 않은 데에 나는 일단 안심했다.

"옆에, 앉을게."

내 말에 하사키는 코트에만 시선을 향한 채 작게 고개를 끄덕였다.

하사키 옆에 앉자, 그녀는 이쪽을 보지도 않고서,

"미안해, 모처럼 응원하러 와 주었는데. 계속 분위기가 별로여서."

아까 헤어질 때와 마찬가지로 미안하다는 듯이 중얼거렸다.

"신경 쓰지 마. 누구한테나 컨디션이 안 좋은 날 정도는 있는 법이잖아. 나야말로 미안해."

내 말을 듣고 이쪽을 돌아보며 이상하다는 듯이 고개를 갸웃거리고,

"어째서 '미안해'라는 거야?"

라고 묻는 하사키.

"혼자 있게 해달라고 말했는데, 이렇게 와 버렸잖아."

그렇게 말하자 하사키는 웃는 듯하기도 우는 듯하기도 한.

속마음을 알 수 없는 복잡한 표정을 지었다.

"걱정, 해주는 거야?"

"그래, 친구니까. 당연하잖아?"

"친구······."

하사키는 작게 중얼거렸다.

당장이라도 바람에 날려 사라질 것 같은, 그런 작은 목소리로.

"······변명처럼 들릴지도 모르지만, 오늘 컨디션이 별로

였던 데에는 이유가 있어."

하사키가 자조하며 말했다.

"이유?"

'응'하고 고개를 끄덕이더니,

"나, 실연당했거든."

하사키는 담백하게 말했다.

"실연?"

나는 저도 모르게 그렇게 되물었다.

"응, 실연. 오늘 대회에 그 사람이 응원하러 와줬거든. 그 사람 앞에서 테니스에만 집중할 수 있었다면, 분명 나는 그 사람을 포기할 수 있었을 거야. ……그 사람이 내 옆에 있어 주지 않더라도. 나한테는 테니스가 있으니까 괜찮다면서. 스스로를 설득할 수, 있었을 거야."

시선을 내리깐 채로 하사키는 말을 이었다.

"예전 같은 관계로 돌아가서 그 사람 곁에 친구로 있을 수 있다고, 나는 진심으로 생각했어. ……하지만 안 되더라."

입가에 안타까운 웃음을 짓는 하사키.

"그 사람이 너무 신경 쓰여서 시합에 집중할 수가 없었어. 떨쳐내야 한다고 생각했는데도, 도저히 그 사람이 머릿속 한구석에 남아 있더라고."

애절하게, 그리고 괴롭게.

하사키는 자기 가슴 앞에서 기도하듯 두 손을 쥐었다.

"이래서야 진지하게 테니스를 하는 상대 선수한테 실례고, 나를 응원해 주는 사람들한테도 실례잖아. ……그러니까. 오늘 나는 최악이었어. 무엇 하나 괜찮은 구석이 없었어."

힘없이 쓴웃음을 짓는 하사키를 보고, 나는 곤혹스러웠다.

하사키가 이케를 좋아했다는 것 정도야 알고 있었다.

실제로 '응원해 달라고 불렀다', '예전 같은 관계로 돌아가서 그 사람 곁에 친구로 있을 수 있다고 생각했다'라면 아마 틀림없겠지.

하지만.

하사키가 차였다는 건 의외였다.

이케의 분위기 때문에 하사키가 차였다고는 전혀 깨닫지 못했다.

"하사키는…… 고백을 했어?"

"아니, 그러진 않았어."

"그럼, 실연이라는 게 무슨 뜻이야?"

내 배려심 없는 말에 하사키는 살짝 짜증을 엿보이며 대답했다.

"그 사람한테, 여자친구가 생겼거든. 그러니까 실연당했다는 거야."

그 말을 듣고 나는 기억을 되짚어보았다.

……내가 아는 바로는, 이케한테 여자친구는 없을 텐데.

그리고 그런 낌새를 보이지도 않았다.

이케에게 여자친구가 생겼다면, 나도 어떤 식으로든 위화감 정도는 느꼈을 것이다.

하지만 현재로서는 그런 건 전혀 없다.

혹시 하사키는 뭔가 착각하는 바람에 이케에게 여자친구가 생겼다고 믿게 된 게 아닐까?

……아니면 그저 내가 알아차리지 못했을 뿐이거나 남들에게 알려지지 않았을 가능성도, 물론 있지만.

나는 고개를 숙인 하사키에게 무슨 말을 건네야 할지 망설이면서도…… 입을 열었다.

"무리해서 포기할 필요는, 없지 않을까?"

내 말에 하사키는 고개를 들었다.

"어?"

그리고 아연한 표정으로 이쪽을 바라보았다.

"나는, 자기 마음을 전하지도 않고 무리라면서 포기할 필요는 없다고 생각해."

"……무슨 대답을 들을지 뻔히 아는데도? 그 사람한테, 민폐를 끼칠 뿐이라고 해도?"

그럴 리 없잖아? 그렇게 말하려는 게 훤히 보이는 하사키의 말.

하지만 나는 고개를 가로저었다.

누군가가 호감을 보이는데 이케가 민폐라고 생각할 리는 없을 것이다.

어떤 상황에서든 그 녀석이라면 상대의 마음을 똑바로 받아들여 진지하게 대답해줄 것이다.

……이런 건 소꿉친구인 하사키도 잘 알고 있을 것이다.

그래서 나는, 연애와는 상관없지만 내 경험을 말해주기로 했다.

"사람의 마음이나 시각은 바뀔 수 있어. 단순히 학교의 무서운 문제아 취급만 받던 나지만, 지금은 이케 이외에도 친구라고 부를 수 있는 녀석이 생겼지."

이케나 마키리 선생님의 도움이 있었기 때문에 잘 풀린 것이기는 해도, 학생회 일을 도우면서 나는 적어도 아사쿠라가 가진 인상을 바꿀 수 있었다.

"어떤 행동을 일으키면, 무언가가 바뀌는 법이야. 뒤집어서 말하자면, 아무것도 안 하면 아무 일도 일어나지 않아. 누군가의 마음을 바꾸는 일도 절대로 불가능해."

"행동을 일으키면…… 그 사람의 마음이 바뀔지도 모른다는 거지?"

나는 고개를 끄덕였다.

연애문제로 바꿔서 생각해 봐도, 올곧은 감정이 이케의

마음을 흔들 수 있을지도 모른다.

"……하지만 다른 사람의 연인을 빼앗는다는 건, 역시 문제가 아닐까?"

망설이는 듯한 하사키.

"정정당당하게 고백해서 자신을 바라봐 주고, 상대가 이제까지의 관계를 깔끔하게 청산한다면 문제는 없지 않을까? 다른 사람한테 고백받은 정도로 흔들릴 정도라면 어차피 아무것도 안 해도 곧 끝날 관계일 테니까, 신경 쓸 필요도 없어. 그러니까 무리해서 포기할 필요도 없고, 정 뭣하다면 성공하거나 제대로 포기할 수 있을 때까지 몇 번이고 고백하면 되지 않겠어?"

나는 연애는 고사하고 대인관계에 대해서도 상당히 레벨이 낮다.

그러니 이건 상당히 빗나간 소리일지도 모른다.

하지만 나는, 하사키가 아무것도 하지 않고 그저 후회만 계속하는 건 싫다고 생각했다.

그래서 그녀의 등을 밀어주려는 의도의 말을 했다.

"저기. ……토모키 군은, 의외로 연애감정에 대해서는 잘 아는구나. 그리고, 역시 너무 끈질긴 건 민폐가 아닐까."

그리고 하사키는 경계하듯 나에게 말했다.

어딘가 단어 선택에 실수가 있었는지도 모른다…….

"그, 그럴지도…….."

나는 내 생각을 되돌아보고, 하사키의 말에 동의했다.

그녀는 내 반응을 보더니 곤란한 듯이 웃었다.

그러더니 긴장한 표정을 지으며 입을 열었다.

"……저기, 토모키 군. 내가 좋아하는 사람한테 고백한다면, 잘 될 거라고 생각해?"

"모르겠어."

이케는 하사키를 나쁘지 않게 생각하고 있을 것이다.

함께 있을 때도 즐거운 표정으로 웃는 경우가 많다.

그렇다고 해서, 이케가 하사키에게 연애감정을 품고 있는지까지는 나로서는 알 수 없다.

"……무책임해."

비난하는 듯한 시선을 보내는 하사키.

"그러게. ……그럼 하사키가 고백했다가 차였을 때는, 부추긴 사람으로서 내가 책임 지고 한탄을 들어 줄게."

아무튼 고백을 한다면, 실패하더라도 감정을 정리하고 앞으로 나아갈 수 있다.

──라는 단순한 문제도 아닐 것이다.

그렇다면 나는 그녀의 등을 떠민 사람으로서, 실패했을 때는 조금이라도 책임을 지고 싶다.

"책임을 진다는 말을, 간단하게 하지 마……."

하지만 하사키는 힘없는 표정으로 그렇게 중얼거렸다.

확실히 용기를 내서 고백했는데 차인다면.

나한테 아무리 신세 한탄을 해봐야 슬픔이 약해지진 않을 것이다.

그 정도는 빨리 깨달았어야 했다.

"미안해, 내가 한탄을 들어줘 봐야 별 소용이 없기는 하네."

하사키는 내 말을 듣고, 어째서인지 땅이 꺼져라, 한숨을 내쉬고는 어깨를 축 늘어뜨렸다.

그러더니 억지로 웃는 표정을 지으며 차갑게 말했다.

"도중부터 눈치는 채고 있었는데, 내 마음을 전혀 알아주지 않는구나, 토모키 군은."

"응?"

"그보다, 토모키 군은 정말로 크게 어긋나 있어."

"으, 으응?"

"한심한 소리지만, 내가 이제까지 한 말은 비꼬려고 한 거였거든?"

"그런 거야?"

비꼰다고?

대체 무슨 소리지? 전혀 짐작이 안 가는데.

곤혹스러워 하는 나를 보고,

"아~, 정말! 이러니까 나 혼자서 머리 터져라, 고민했던 게 바보짓처럼 느껴지잖아!"

하사키도 곤혹스러운 듯이 그렇게 말했다.

"……알았어! 나는 포기 안 해! 이 마음에 솔직해지겠어……. 좋아하는 사람한테 연인이 있건 없건 상관 안 해! 나는 내가 좋아하는 사람이 나를 돌아보게 하려고 온 힘을 다해서 어필할 거야!"

이번에는 마음을 굳힌 듯이, 맑아진 표정으로 하사키는 그렇게 선언했다.

그러더니 기세 좋게 내 쪽을 보았다.

그녀는 똑바로 시선을 보냈다.

"토모키 군이 내 등을 떠밀었으니까. 이제 와서 '역시 연인이 있는 사람한테 고백하는 건 좋지 않아, 포기해야 해' 같은 소리는 절대로 하면 안 된다?! 정말 몇 번이고 고백하게 되더라도, 절대로 토모키 군만은 나쁘게 생각하면 안 되니까?!?!"

기세 좋게 떠들어대는 하사키.

나는 그녀의 기백에 압도당했다.

"으, 응. ……그렇지."

지금의 하사키를 봐도, 내 조언이 도움이 된 건지 아니면 짜증만 부채질한 건지 모르겠다.

그 와중에, 역시 의사소통은 어렵구나…… 라는 것만 통감했다.

"정말, 그렇게 풀죽은 표정 짓지 마. 나는 이걸로 후련해졌으니까!"

그렇게 어깨를 힘없이 늘어뜨린 나에게, 하사키는 상냥한 눈빛을 보냈다.

확실히 풀 죽은 아까의 그녀보다 훨씬 개운한 표정인 것처럼 보인다.

너무 흥분했는지 눈에 눈물방울마저 맺혀 있었지만.

"……그렇다면, 다행이야."

내가 그렇게 말하자 하사키는 크게 고개를 끄덕였다.

그리고 입을 열었다.

"응, 고마워."

그리고 미소를 지으며, 이렇게 말한 것이다.


──유우 군 덕분에, 기운이 생겼어.


"──어?"

나는 저도 모르게 얼빠진 목소리를 냈다.

지금 건 그저 단순한 말실수였겠지.

하지만 '유우 군'이라니.

──유일하게 내 옛 친구만 쓴 '별명'으로 나를 부른 하사키에게서.

밤색 머리카락에 여자아이처럼 예쁜 얼굴을 한, 그 울보 녀석의 흔적을.

"······나츠오?"

──어째서인지, 겹쳐본 것이다.

# 만남

내가 곤경에 처하면 나타나 주는 히어로.

그게 내가 좋아하게 된 사람.

만났을 때도, 지금도 변함없이.

그는 곤란한 내 앞에 나타나 주었다.

나는 어느새 그를 동경하고 호감을 자각하게 되었다.

……그렇게나 좋아하는 그에게.

나는 쭉 거짓말을 하고 있다.

그 사람을 생각할수록 가슴이 조여들 듯이 괴롭고, 애절하게 느껴지는 건.

분명 내가 그를 계속 속인 대가겠지, 라고 지금은 생각한다.

☆　☆　☆

그와 처음 만난 건, 초등학교 2학년 여름이었다.

오봉*즈음이 되면 우리 집안은 시골 조부모님 댁에 일가

---

* 일본의 명절. 시기는 양력 8월 15일 전후다.

친척이 다 모인다.

나는 이 모임이 싫었다.

언제나 하루마나 토우카 같은 또래 친구들과 함께 지내는데, 이때만 되면 어른들은 즐겁게 소란을 피워서 나 같은 어린아이는 혼자서 지루한 시간을 보낼 뿐이니까.

그날, 너무 따분했던 나는 혼자 집을 나왔다가 근처에서 공원을 발견했다.

거기엔 비슷한 또래의 남자아이들 몇 명이 놀고 있었다.

나는 그 아이들과 함께 놀고 싶어서 말을 걸었다.

"저기, 같이 놀아도 돼?"

내 말에 반응해 남자애 하나가 돌아보았다.

"넌 누구야?"

의아하다는 표정을 지으며 묻는 그 아이에게, 나는 자신이 여기 사람이 아니라고 설명하려고 했다.

"아, 나는……."

하지만 내가 입을 열자, 주위 남자아이들이 웃긴다는 듯이 웃었다.

나는 왜 웃는지 몰라서 멍하니 있었다.

그런 나에게 남자아이들은 손가락질을 하면서 웃고 말했다.

"뭐야, 이 녀석! 남자애가 말하는 게 완전 여자애 같잖아~!"

"게이다, 게이!"

남자아이들의 비웃음을 듣고, 나는 너무나 슬픈 기분이 들었다.

나는 집 안에서 노는 것보다 밖에서 노는 걸 좋아해서, 언제나 움직이기 편한 옷차림을 선호하니까 치마 같은 건 거의 입지 않았다.

게다가 당시에는 머리카락도 짧았으니까 남자아이로 착각되는 일도 빈번했다.

그래서 같은 반 아이들한테는 툭하면 이름을 비틀어* '너는 카나(夏奈)가 아니라 나츠오(夏男)야'라면서 놀림당하곤 했다.

평소라면 슬프기는 해도 우는 일까지는 없었다.

하지만 간신히 찾은 또래 아이들한테 그런 말을 들으니, 아무래도 슬픔을 참지 못하고 눈물이 나왔다.

따분해도 좋으니까 할머니 댁으로 돌아가고 싶다.

──그렇게 생각하고 있는데.

"약한 애나 괴롭히고 있냐, 꼴사나운 놈들아."

내 앞에 어느 남자아이가 나타났다.

눈매가 험악하고 난폭해 보이는 남자아이.

그 아이는 나를 비웃은 남자아이들 앞에서, 나를 감싸듯 서 있었다.

---

* 하시키 카나의 이름에 쓰이는 한자 여름 하(夏)는 경우에 따라 '카'로도 '니츠'로도 읽을 수 있다.

"뭐가 어째~!"

"넌 누구야?!"

"이 건방진 게!"

갑자기 나타나 도발하는 그 아이에게, 당연히 화를 내는 남자아이들.

제일 체구가 큰 아이가 '맞고 싶냐!'라고 소리치면서 눈매 사나운 아이의 멱살을 잡으려고 팔을 뻗어 달려들었다.

눈매 사나운 아이는 씨익 웃으며 그 공격을 피하고, 비틀거리는 그 덩치의 배를 기세 좋게 뻥 찼다.

덩치는 '으아악!'하고 소리를 내며 땅바닥을 굴렀다.

"뭐 해? 다들 동시에 덤벼보지 그래?"

눈매 사나운 아이는 도발적으로 말했다.

상대 남자아이들은 쓰러진 덩치를 보고 자신들은 상대가 안 된다고 판단했는지,

"흥, 외지에서 온 녀석들끼리 사이 좋네!"

"너네랑은 절대로 같이 안 놀 거야!"

라는 말을 내뱉고 후다닥 뛰어서 도망쳤다.

그 모습을 보고는 '와, 진짜 꼴사납네'라고 한숨을 쉬면서 중얼거렸다.

그리고는 눈매 사나운 아이는 내 쪽을 보고 웃었다.

의외로 웃으니 정감이 있는 얼굴처럼 보이기도 했다.

"네가 쟤네들한테 말을 거는 모습을 처음부터 봤어. ……저 녀석들, 분명 네가 '미남'이라서 심술을 부렸을 거야."

그 아이는 씨익 웃으며 상냥한 목소리로 말했다.

남자아이 취급을 받았는데도……, 이상하게도 불쾌하게 느껴지지 않았다.

"너도 이 동네 애가 아니구나. 나도 여름방학 때만 이쪽에 와서 아는 애가 하나도 없어."

그러면서, 방금까지만 해도 당당하던 그는 갑자기 자신이 없는지 우물쭈물하면서 그렇게 말했다.

왜 이러는 걸까, 라고 생각하고 있자니.

"그러니까, 그……, 너도 심심하다면, 으음, 그게……."

부끄러운 듯이 내 눈치를 보는 그 시선에, 드디어 그가 하고 싶은 말이 뭔지 알 것 같았다.

"응, 같이 놀자!"

나는 웃으면서 그에게 말했다.

내 대답을 들은 그는 서툰 웃음을 지으며 힘주어 고개를 끄덕였다. 그렇게 싸움을 잘하고 자신만만했으면서 같이 놀자는 말은 못 한다니, 이상한 아이다.

내가 그 아이를 보면서 웃고 있으려니, 그가 입을 열었다.

"나는 유우지. 네 이름은 뭐야?"

그 질문에 나는 말문이 막혔다.

만약 지금 사실을 말한다면.

나를 남자아이라고 생각하는 유우지 군한테, 여자아이라고 말한다면.

어쩌면, 역시 생각을 바꿔 같이 놀지 않겠다고 할지도 모른다.

"……나츠오."

그래서 나는 진짜 이름이 아니라 언제나 반 아이들이 놀릴 때 쓰는 별명을 댔다.

"그렇구나. 그럼 잘 부탁해, 나츠오."

내 이름을 말하면서 웃는 얼굴로 손을 뻗는 유우지 군.

그의 미소에 응해, 나는 그의 손을 맞잡았다.

☆　☆　☆

이게 나와 그의 첫 만남이자──.

내가 처음으로 그에게 한, 거짓말이었다.

☆　☆　☆

그 후로, 나는 매번 우울했던 여름방학이 즐거워졌다.

3학년, 4학년이 되어도 우리는 약속대로 다시 만나, 둘이서 즐거운 여름을 보냈다.

　친척 모임에 얼굴을 내미는 건 아주 잠깐뿐.

　그런데도 다른 가족은 며칠밖에 묵지 않는 할머니 댁에서, 나 혼자 2주쯤 머무는 해도 있었다.

　여전히 다른 아이들과는 친해지지 못했지만, 그런 건 상관하지 않을 정도로 나는 유우 군과 함께 놀고 친하게 지냈다.

　그러다가 테니스를 시작해서 몇 번 함께 해보았는데, 유우 군은 운동신경이 좋아서 경험자가 아닌데도 나는 매번 지기만 했다.

　"초심자인 나조차 못 이긴다면, 매번 이야기하는 그 어린 여자아이한테도 영원히 못 이기지 않겠어?"

　그런 야유를 들은 적도 있지만 조금도 기분 나쁘지 않았다. 그저 유우 군은 대단하고 멋있구나, 라고 생각할 뿐.

　이미 그때쯤에는 함께 있는 시간은 짧지만, 유우 군을 하루마나 토우카쨩과 동등하게 소중한 친구로 생각하게 되었다.

　그리고…… 그 마음이 변하는 계기가 되는 사건이, 초등학교 5학년 여름방학 때 일어났다.


☆　☆　☆

언제나 그렇듯, 나는 약속장소인 공원에서 유우 군을 기다리고 있었다.

그 날은 웬일인지 평소보다 유우 군이 늦게 왔다.

그리고 혼자인 나에게 오늘따라 말을 거는 남자아이들이 있었다.

"너희들 언제나 같이 있으면서, 사실은 그렇게 사이가 좋은 건 아니지?"

기분 나쁘게 히죽거리면서 그렇게 말한 녀석은, 유우 군과 내가 처음 만났을 때도 있던 그 덩치였다.

초등학교 고학년이 되어 그때보다 덩치가 훨씬 커졌다.

"외톨이끼리 딱히 좋아하지도 않는데 함께 있을 뿐이지?"

"음침한 놈들."

나는 그 남자아이들의 말을 무시했다.

무슨 생각으로 그런 소리를 하는지도 모르겠고, 들어봐야 짜증만 나니까.

"뭐야, 인마! 무시하지 마!"

그 중 한명이 나를 향해서 고함쳤다.

깜짝 놀랐지만 아무 말 하지 않고 날카롭게 째려보았다.

"건방진 자식……. 하지만 사실 너한테 괜찮은 얘기를 하려고 왔거든."

덩치 큰 아이가 짓궂은 표정을 지으며 나에게 계속해서

말을 걸었다.

"그 눈매 더러운 놈한테 '이제 너랑은 안 놀아!'라고 말하고 한 대 치면, 너도 우리 편에 끼워줄게!"

즐거운 듯이 웃는 그 아이.

나는 대체 무슨 소리인지 이해가 안 가서 의아한 표정만 짓고 있었다.

"야, 너 걔한테 사이좋게 지내라고 협박당한 거지? 난폭한 놈이라는 건 얼굴만 봐도 알 수 있으니까."

"예전에는 싸움을 잘해서 쫄았지만, 이제는 그런 놈 무서워할 필요 없어!"

"네가 걔를 한 대 때리면 우리 편으로 해줄게. 그러면 우리가 너를 지켜주겠어."

이 시기의 유우 군은 아직 체격이 지금처럼 크지 않고 키도 평균 정도였다.

한편 그 덩치는 중학생과 비교해도 차이가 없을 정도로 키가 컸다.

분명 지금이라면 이길 수 있다고 생각해서 예전 일을 복수하려는 것이겠지.

"예전에는 싸움으로 졌지만, 지금이라면 이길 수 있어. 그런 친구도 없는 난폭한 녀석은 이 공원에 필요 없다고! 너도 그렇게 생각하지?"

그렇게 말하면서 난폭하게 내 어깨를 잡았다.

나는 아무것도 모르면서 제멋대로 유우 군을 나쁘게 말하는 그 아이에게 강한 분노를 느꼈다.

나는 내 어깨를 잡은 손을 뿌리치며, 기세 좋게 그 아이를 밀쳐내고 말했다.

"유우 군을 나쁘게 말하지 마!"

떠밀리는 바람에 자세가 무너져 비틀거리는 덩치 큰 아이.

자신이 무슨 짓을 당하고 무슨 말을 들었는지 모른다는 듯한 표정이었다.

어쩌면 내가 협박당해서 억지로 유우 군과 친하게 지내고 있을 뿐이라고 정말로 믿었는지도 모르겠다.

"이 자식, 진짜!"

잠시 가만히 있다가, 자신이 무슨 짓을 당했는지 이해한 녀석이 얼굴을 새빨갛게 물들이고 화를 냈다.

"꺄악!"

그는 내 머리카락을 강하게 잡아당겼다.

나는 아파서 저도 모르게 평범한 반응이 나와 버렸다.

"야, 들었냐! 지금 꺅! 이라고 했어!"

"역시 이 자식, 게이 같아!"

"우웩, 재수 없어!"

그렇게 말하면서 나를 바보 취급하고 웃는 남자아이들.

"나, 나는 그런 사람 아니야!"

그렇게 말하자 그 녀석들은 히죽거리며 웃었다.

"거짓말~! 너 분명 게이야!"

"그보다 정말로 달려 있기는 하냐?"

"어이, 한번 확인해 보자!"

바보 취급하면서 짓궂게 웃는 남자아이들의 말에, 나는 얼어붙었다.

"야, 카이토. 나랑 아츠시가 팔을 잡을 테니까 이 자식 바지랑 팬티 벗겨 봐."

"우웩, 왜 내가 애 거를 가까이에서 봐야 하는데? 네가 해, 훗티!"

훗티라고 불린 덩치 큰 남자아이가 자기 똘마니 두 명에게 명령했다.

그리고 카이토라는 아이는 그걸 거절했다.

"됐으니까 하라고!"

"으엑, 드러······."

나는 두 사람한테 붙들리고, 눈앞에는 싫다는 표정을 짓고 있는 카이토가 있었다.

나는 저항하지 못하는 채로, 이제부터 내가 무슨 일을 당할지 상상하고 공포에 질렸다.

무서웠다. 그런 짓은 당하고 싶지 않았다.

강한 척도 하지 못하고, 나는 눈물을 흘리고 말았다.

"우으, 그만 해. 하지 말아 줘."

내가 우는 게 재밌는지, 남자아이들은 바보 취급하듯 유쾌하게 웃었다.

"야, 게이가 운다!"

"우와~, 울보에 겁쟁이에 게이라니, 최악이잖아."

카이토가 내 바지에 손을 대려 했다.

그때 나는 저도 모르게 울면서 소리쳤다.

"구해줘, 유우 군~!"

그렇게 타이밍 좋게 나타날 리가 없다.

그렇게 생각했다.

하지만…….

"내 친구한테 무슨 짓이야!"

내 외침에 호응하듯 유우 군이 그 자리에 갑자기 나타났다!

그리고 소리치자마자 카이토에게 주먹을 날렸다.

'으아악!'하고 짧게 비명을 지르며 쓰러지는 카이토.

다른 둘은 잠시 어리둥절한 표정을 지었지만, 곧바로 상황을 파악했다.

둘에게 잡혀 있던 나는 내팽개쳐져 지면에 웅크렸다. 무릎이 까져서 아팠지만 그런 걸 신경 쓸 여유는 없었다.

나는 구하러 와준 유우 군에게 시선을 옮겼다. 그는 이제까지 본 적이 없을 정도로 화내고 있었다.

"카이토! 괜찮아?!"

"나왔구나, 이 외지인 자식! 날려버리겠어!"

아츠시라고 불린 남자아이가 날려간 카이토에게 달려갔다.

덩치 큰 홋티는 유우 군에게 돌진했다.

'우랴아!'하고 소리치는 홋티를 유우 군은 정면에서 상대했다.

기세 좋게 뻗은 주먹을 가볍게 피하고,

"어디서 시시한 짓이나 하고!"

라고 외치면서 홋티의 얼굴에 주먹을 꽂았다.

홋티는 '으아아, 아파아!'라고 울부짖으며 그 자리에 벌러덩 쓰러졌다.

아츠시는 카이토를 일으켜 세우고 우는 홋티의 손을 잡아 일으켜 세우더니,

"젠장, 두고 보자!"

라고 말하면서 그 자리에서 도망쳤다.

유우 군이 도착한 후로, 순식간에 일어난 일이었다.

부리나케 도망치는 그 아이들에게는 눈길도 주지 않고,

"나츠오, 울면 잘생긴 얼굴이 망가지잖아."

유우 군은 나에게 웃으면서 손을 내밀었다.

나는 그 손을 잡고 몸을 일으켰다. 그리고 그의 말에 대답하려 했지만……, 잘 말이 나오지 않아서.

"아, 안 울었어."

라고 고집을 부리며 눈물을 닦는 게 한계였다.

유우 군은 상냥한 눈빛으로 나를 보다가 의문을 느꼈는지,

"……그건 그렇고, 시비를 걸다니 드문 일이네."

그렇게 중얼거렸다.

"쟤들이 유우 군을 나쁘게 말해서, 내가 그런 소리 하지 말라고 화를 냈거든."

"그랬구나. 고마워."

유우 군은 그렇게 대답했다.

"하지만 나츠오는 울보에다 약하니까 무리하지 마."

그리고 나에게 그렇게 말했다.

"무리인 건 맞지만, 친구가 바보 취급당하면 화내는 건 당연하잖아."

내가 그렇게 말하자 유우 군은 눈을 가느다랗게 뜨고 웃었다.

"저 자식들, 다음에 만나면 또 두들겨 패서 다시는 나츠오를 괴롭히지 말라고 말해둘게."

유우 군은 아까 남자아이들이 도망친 방향을 보면서 그렇게 말했다.

듬직한 말이었다. 멋있다고 생각했다.

고마워, 라고 유우 군에게 말하려고 했지만 그럴 수는 없었다.

"헉! 위험해, 나츠오!"

유우 군이 그렇게 말하더니 갑자기 나를 감싸듯 껴안았기 때문이다.

갑자기 안겨서 머릿속이 새하얘졌다.

그저 유우 군의 몸에서 전해지는 열기만 인상에 남아 있다.

그런 내 귀에 퍽, 하는 둔탁한 소리와 '으악, 큰일이다! 도망치자!'라는 아까 그 남자아이의 목소리가 들렸다.

무슨 소리지? 뭐가 위험하다는 거야?

그렇게 생각한 내 발밑으로 뭔가 빨간 액체가 흘러내리는 걸 알 수 있었다.

……그건 '피'였다.

"어?"

고개를 들자, 유우 군의 얼굴이 피투성이가 되어 있었다.

눈가에서 피가 잔뜩 흘러서 엄청나게 아파 보였다. 눈은 무사한지, 피부가 찢어졌는지도 알 수 없는 상태였다.

근처에 피 묻은 돌멩이도 떨어져 있었다.

분명히 아츠시가 던졌을 것이다.

그리고 나에게 맞을 것 같아서 유우 군이 감싸준 것이다.

그 사실을 깨닫고 나는 핏기가 싹 가셨다.

"유우 군, 괜찮아?! 병원, 병원 가야 해!"

"아야야, 그러게. 잠깐 병원 다녀올게. 하지만 괜찮으니까 걱정 안 해도 돼. ……사실은 그렇게 아프진 않거든!"

유우 군은 눈물을 글썽거리는 나를 안심시키려 웃음을 지으며 말했다.

분명 엄청 아플 텐데.

안심시켜줘야 하는 쪽은, 나일 텐데.

나는 그에게 도움만 받는 스스로가 너무나 한심하게 느껴졌다.

하지만 아무것도 하지 못한다고 하더라도.

이 상냥한 친구를 혼자 두지 않기 위해서, 나는 병원까지 따라갔다.

☆　☆　☆

그 후로 만나지 못하는 날이 이어졌다.

나처럼 한심한 녀석에게 정이 떨어진 걸까?

그런 슬픈 생각을 하고 있던 차에,

"실밥 뽑을 때까지 외출하지 말라고 할아버지가 말씀하셨거든. 미안해, 나츠오."

눈 밑에 꿰맨 흉터가 남은 유우 군과 재회할 수 있었다.

나를 미워하지 않는다는 사실에 안심하면서도, 나 때문에 생긴 흉터에 미안함을 느꼈다.

"나를 감싸다가 유우 군이 다치다니. ……미안해."

내 말에 유우 군은 씨익 웃으면서 당당하게 가슴을 펴고 말했다.

"이 흉터는 내가 친구를 지켜냈다는 증거니까, 나는 마음에 들어! 그러니까 너도 신경 쓰지 마, 나츠오!"

"하지만……."

"게다가 네 잘생긴 얼굴에 흉터가 생기면, 장래에 생길 여자친구가 불쌍하잖아?"

활기차게 웃는 유우 군.

그가 웃는 모습을 보고, 나는 어째서인지 가슴이 욱신거려 괴로웠다.

미안함과는 또 다른 종류의 감정도 소용돌이치고 있었다.

이 감정이 대체 무엇인지.

아직 어렸던 나는 곧바로 이해하지는 못했다.

"왜 그래?"

내 얼굴을 엿보면서 유우 군이 물었다.

하지만 나도 왜 이렇게 가슴이 아픈지, 꽉 조여드는 느낌인지.

이때는 이유를 알 수 없었다.

그래서 모호하게 웃으며,

"아냐, 괜찮아. ……그보다 나한테 여자친구라니, 그런

게 생길 리 없잖아."

그야 내가 여자니까.

……라는 말까지는 할 수 없었지만.

☆　☆　☆

그리고 그해 여름에는, 다쳐서 만나지 못했던 날들의 몫까지 최대한 열심히 놀았다.

유우 군과 함께 있으면 엄청나게 즐겁고, 기쁘고, 상냥한 기분이 든다.

하지만 그럴 때마다 가슴이 조여드는 기분이 들어 괴로웠다.

대체 난 어떻게 되어버린 걸까?

처음에는 그렇게 생각했지만──.

그와 헤어지는 날, 나는 내 마음을 자각했다.

평소대로 열심히 놀고, 해가 질 때쯤.

"오늘도 즐거웠어! 언제나 고마워, 나츠오! 당분간 만나지 못하겠지만, 내년 여름방학 때 다시 이 공원에서 만나자!"

유우 군은 기쁜 듯이 웃으면서 말했다.

그렇다, 내일부터는 내년까지 당분간 만나지 못하게 된다.

그게 너무 아쉬웠다.

……아니, 매년 아쉽기는 했다.

그래도 이제까지는 돌아가면 하루마나 토우카쨩과 놀수 있으니까, 라는 식으로 생각했다.

하지만 이번에는 달랐다.

가슴이 답답할 정도로 조여들고, 한동안 만나지 못한다는 게 너무나 쇼크에 괴로웠다.

왜 이럴까 생각하면서 그의 웃는 얼굴을 보았다.

나를 지켜준 증거라는 그 눈가의 흉터.

엄청 미안했지만, 나는 그것을 보고 멋있다고 생각했다.

엄청……, 기쁘게 생각했다.

그리고 안긴 순간의 상황을 떠올리니 머리가 끓어오를 듯해서——.

그에게 가진 감정과 하루마나 토우카에게 가진 감정이 완전히 다르다는 사실을.

나는 드디어 깨달았다.

"왜 그래?"

걱정스럽게 내 얼굴을 바라보던 유우 군과 눈이 딱 마주쳤다.

내 마음을 깨닫고 나니 이제까지와 똑같이 행동할 수 없었다.

"아, 아무것도 아니야! 그럼 내년에 또 보자!"

얼굴이 뜨거웠다.

새빨개졌다는 걸 자각하고, 허둥지둥 얼굴을 돌렸다.

유우 군이 너무 멋있어서, 도저히 정면에서 얼굴을 마주 볼 수가 없었다.

유우 군은 내 태도가 이해가 가지 않는다는 듯이 고개를 갸웃거렸지만, 그다지 깊게 생각하지는 않는 듯했다.

"그래, 그럼 또 보자!"

상태가 이상해진 나를 향해, 유우 군은 쾌활하게 웃으면서 손을 흔들었다.

그렇게 우리는 또 다음 해 여름방학에 다시 만나기로 약속하고, 각자의 집으로 돌아갔다.

☆　☆　☆

결론부터 말하자면, 그 약속은 지키지 못했다.

──나는, 정말 좋아하는 그를 만나러 갈 수가 없었다.

☆　☆　☆

초등학교 5학년 여름 이후로, 내 몸에는 큰 변화가 생겼 다.

성장기에 접어들어 몸이 커진 것이다.

물론 키도 커졌지만, 무엇보다도 곤란한 건.

──가슴이 커졌다는 사실.

초등학교 5학년 여름까지는 납작했던 가슴이 고작 1년 사이에 브래지어가 없으면 안 될 정도로 커져 버렸다.

몸도 얼굴도 점점 여자아이처럼 변해갔기에, 나를 남자아이로 생각해 나츠오라고 부르던 그 아이를 만날 결심이 도저히 서지 않았다.

그야 남자인 줄 알았던 친구가 사실은 여자였다니…… 상냥한 유우 군이라고 해도 기분 나빠할지 모른다.

그런 일은 없다고 믿고 싶지만, 기분 나쁘다고 생각할지도 모른다.

유우 군은 나에게 속았다고 생각할지도 모른다.

……그게 무서웠다.

첫사랑 상대를 만나고 싶다는 마음과.

만나봐야 받아들여지지 않을 거라는 공포.

나는 정반대의 그 두 가지 감정을 가슴에 품고서, 고민했다.

할머니 댁에 있는 기간 내내 고민하고 또 고민했다.

그리고 내일 집으로 돌아간다는 이야기가 나온 날, 나는 그를 만나러 가겠다고 결심했다.

평소보다 훨씬 귀여운 옷을 입고, 지난 1년 동안 길어진 머리카락을 예쁘게 세팅하고, 솔직하게 여자아이라고 고백하자.

그렇게 생각하고, 용기를 내서 할머니 댁을 나와 언제나 만나는 공원으로 갔다.

두근거리는 탓에 몇 번이고 도중에 걸음을 돌리려고 생각했지만, 그래도 가까스로 공원에 도착했다.

1년 만에 오는 공원, 거기에는 조금 표정이 쓸쓸해 보이는 유우 군이 있었다.

기다리게 해서 미안한 마음도 있었지만, 기다려 줘서 기쁘다는 마음도 들었다.

그리고, 1년 만에 유우 군의 모습을 보고…… 엄청나게 가슴이 뛰었다.

내가 진심으로 유우 군을 좋아한다는 걸 자각해, 창피하고 부끄러운 기분이 들었다.

하지만 멀리서 그의 모습을 보기만 할 뿐, 좀처럼 말을 걸 수가 없었다.

유우 군은 오랫동안 기다려 준 것 같지만, 그래도 내가…… 나츠오가 오지 않는다고 포기했는지, 한숨을 푹 쉬고는 공원을 떠나려 하고 있었다.

지금 앞으로 나가야 해. 그렇게 생각해 다가오는 유우 군 앞에……, 나는 나서지 못했다.

여기까지 왔는데도.

말을 걸면 분명 곧바로 돌아봐줄 텐데.

마지막의 마지막 순간에, 나는 용기를 내지 못했다.

미움 받으면 어쩌지.

여자 주제에 남자인 척을 했다면서 기분 나쁘게 생각하면, 어쩌지?

그런 생각만 하는 바람에.

──결국.

초등학교 6학년 여름, 나는 유우 군과 한 약속을 깨고.

그를 만나러 가지 못했다.


☆　☆　☆


그리고 1년이 지나, 중학생이 된 나는.

6학년 여름방학 때 유우 군을 만나러 가지 못한 걸 죽을 만치 후회한 나는, 다음 여름방학에는 꼭 유우 군을 만나러 가겠다고 결심했다.

만나지 못하는 시간들이 그를 향한 마음을 날이 갈수록 강하게 만들었다.

거절당하는 것에 대한 공포보다도, 만나지 못하는 기간에 한 후회를 다시 맛보고 싶지 않다는 마음이 강했다.

그럭저럭 시간이 흘러 남자아이로 착각 당하는 일 따위는 없어진 나는.

스커트를 입고, 헤어스타일을 세팅하고, 색이 들어간 립크림을 바르고.

귀엽게 변한 나를 보여줘야겠다고 생각했다.

남자아이 '나츠오'가 아닌 여자아이 '카나'로서, 그를 만나는 거야.

그렇게 굳게 다짐하고 나는 공원으로 향했다.

……하지만 이미 그는 거기에 없었다.

중학교 3년 동안.

나는 그와 전혀 만나지 못했다.

☆　☆　☆

──그랬기 때문에.

고등학교에 입학해서 유우 군의 모습을 발견했을 때는, 운명이라고 생각했다.

같은 반 아이들이 엄청 무섭다면서 수군거리던 그 남학생.

그 사람이 바로 내가 좋아하게 된 유우 군── 토모키 유우지 군이었다.

날카롭지만 안에 상냥함이 깃든 눈빛.

한동안 못 본 사이에 훌쩍 큰, 근육질의 남자다운 몸.

조용한 몸동작과 조금 어두워진 듯한 표정이, 어쩐지 그를 어른스럽게 보이게 만들었다.

그리고 무엇보다.

나를 감싸줄 때 생긴 눈가의 흉터.

그게 내 심장을 콱 움켜쥐었다.

다른 사람들이 왜 무섭다고 하는지 나는 전혀 이해가 가지 않았다.

그치만——.

유우 군, 너무 멋있어졌는걸.

다들 소꿉친구 하루마가 멋지다며 열광했지만……, 나는 잘 이해가 가지 않았다.

엄청나게, 어어엄청나게. 유우 군이 멋있게 변해 있었으니까.

몇 번이고 말을 걸려고 해보았지만, 그럴 때마다 긴장해서 전혀 말이 나오지 않았다.

……이렇게까지 멋있어지는 건, 비겁하다고 생각했다.

많이 얘기를 나누고 싶은데, 예전처럼 둘이서 시간을 보내고 싶은데.

그런데……, 아아, 너무해, 너무 멋있어서 말을 못 걸겠어!

하지만 매일 그의 모습을 볼 수 있는 것만으로, 나는 행복했다.

☆　☆　☆

——그걸로 만족한 게 분명 잘못이었다고 생각한다.

초등학교 6학년부터 중학교에 올라갈 때까지, 나는 그렇게나 후회해 놓고도.

같은 고등학교에 다니고 있으니까, 내일 잘하면 괜찮을 거야.

오늘은 말을 걸지 못했지만, 분명 다음에는 말을 걸 수 있어.

한 번만 대화를 나누면, 분명 초등학생 때처럼 금세 친해질 수 있을 거야.

그런 식으로 생각하는 동안에, 재회한 유우 군에게 말을 걸지도 못하고 금세 1년이 지나버렸다.

우리는 무사히 고등학교 2학년으로 올라가고, 그리고——.


유우 군에게, 여자친구가 생겼다.

## 도피


유우 군에게 생긴 여자친구는 나도 잘 아는 아이였다.

하루마의 여동생이자, 나도 어릴 적부터 친하게 지냈던 토우카쨩.

밝고 상냥하고 귀엽고, 말도 잘하는 데다 세련되기까지 한…… 여자로서 어디를 봐도 이길 수 없다는 생각이 드는 여자아이.

남자아이라면 분명, 나처럼 긴장해서 말도 못 거는 여자보다 함께 즐겁게 대화할 수 있는 토우카쨩을 선택할 것이다.

유우 군과 토우카쨩이 사이좋게 지내는 모습을 보고, 나는 언제나 가슴이 답답해지는 기분이었다.

괴롭고, 힘들고, 머릿속이 엉망진창이 되어 눈물이 흐를 것 같았다.

어째서 유우 군 옆에 있는 사람이 내가 아닌 걸까.

내가 토우카쨩보다도 먼저 유우 군을 좋아했는데.

내가 토우카쨩보다도 훨씬 유우 군을 좋아하는데.

어째서 나는 그의 옆에 있을 수 없는 걸까.

……이유는 이미 다 알고 있다.

중학생 때 그만큼 후회해 놓고서도.

결국, 그에게 연인이 생길 때까지, 아무런 행동도 하지 않은 내 자업자득이다.

누가 봐도 트집 잡을 수 없을 만큼 귀여운 토우카쨩과 방송에 나오는 연예인보다도 훨씬 멋진 유우 군 커플은, 내가 보기엔 너무나 잘 어울려서.

……끼어들 틈은 조금도 없는 것처럼 보였다.

──하지만, 아무리 그래도.

자업자득이라는 걸 알면서도.

이제 와선 너무 늦었다는 걸 이해하고 있으면서도.

……유우 군은 사귀는 사람이 있으니까 이런 행동은 민폐라고 머릿속 한구석에서 이성이 외치고 있는데도.

나는 유우 군을 도저히 포기할 수가 없어서──.

'귀, 귀여우면 누구라도 좋은 거야? 딱히 토우카쨩이 아니더라도, 괜찮다……라는 거야?'

'두, 둘이 정말로 건전하게 교제하고 있는지……, 내가 제대로 확인하려고 그래!'

하루마에게 협력을 부탁해, 둘의 관계를 가까이에서 탐색했다.

……그 결과, 두 사람이 서로를 소중하게 생각한다는 걸

알게 되었고.

괴롭고 마음이 아파, 슬픈 기분만 들었다.

나는 완벽하게 실연당했다는 걸 인정하는 수밖에 없었다.

'토모키 군과 토우카쨩의 관계에 대해서는 아직……, 내 마음도 제대로 정리되지 않았고, 납득도 못 하고 있으니까.'

그런 말을 했지만, 마음을 정리하지 못해도, 납득할 수 없어도, 그 말을 했을 때는 이미 포기하고 있었다.

……그렇다면 적어도.

예전처럼.

'유우 군'과 '나츠오'였던 시절처럼 친구로서 사이좋게 지내고 싶다고 생각했다.

그래서, 용기를 내서 나는 전했다.

'미안해! ……친구부터 시작했으면 좋겠어!'

처음부터 다시 시작하기 위한 그 한마디.

온갖 생각이 치밀어 올라 제대로 말할 수는 없었지만, 그래도 나는 그에게 서투르게나마 그때의 마음을 전할 수 있었다.

그와 대화하는 도중에 토우카쨩의 이름이 나왔을 때는 마침 잘 되었다고 생각했다.

토우카쨩과는 한동안 사이가 어색했지만, 유우 군이 좋

아하게 된 여자아이니까.

나도 그녀와 관계를 회복해, 진심으로 둘을 응원하게 되면 좋겠다고 생각했다.

그렇게 '토모키 유우지'와 '하사키 카나'는 친구가 되었다.

친구로서 옆에 설 수 있게 된 건 정말로 기뻤다.

쭉 이렇게 웃는 모습을 볼 수 있으니까.

하지만 대화를 하다 보면 깨닫게 된다.

유우 군이 토우카쨩을 진심으로 소중하게 생각하고 있다는 걸.

그걸 깨달을 때마다 나는 괴롭고, 한편으로 쓸쓸해진다.

각오한 일인데도 도저히 냉정하게 있을 수는 없었다.

시간이 지나면 이 마음도 풍화되어, 단순한 친구로서 그의 옆에 설 수 있게 될까?

나는 점점 알 수 없다는 생각이 들었다.

하지만.

'……오랜만이야, 아픈 데는 없고? 괜찮다면 연락처 교환하지 않을래?'

유우 군은 '나츠오'를 제대로 기억해 주고 있었다.

지금도, 분명히.

약속을 지키지 못한 거짓말쟁이인 나를, 친구로 생각해

주고 있다.

……그 말을 듣고, 힘내야 한다고.

제대로, 친구가 되어야 한다고.

나는 그렇게 생각했다.

하지만 그 후에 예상하지 못한 일이 일어났다.

'내 첫 친구…… 이름은 '나츠오'야.'

그의 말에 함께 공부하던 하루마와 토우카쨩이 경악한 표정으로 나를 쳐다보았다.

둘 다 내가 여름방학 때마다 시골로 내려갔던 걸 알기 때문에, 유우 군이 말하는 '나츠오'의 특징을 듣고 곧바로 나와 유우 군의 친구라는 소년을 연결했을 것이다.

둘의 시선을 견디기 힘들었다.

나는 꼬리를 밟히기 전에, 그날은 도망치듯 모임을 빠져나왔다.

☆　☆　☆

"선배가 나츠오지?"

내가 유우 군에게서 도망친 날로부터 며칠이 지나.

몇 년 만에 우리 집에 얼굴을 내민 토우카쨩이 그렇게 물었다.

"무, 무슨 소리인지 모르겠는데……."

"시치미 떼지 마."

토우카쨩의 말투는 단호했다.

똑바로 나에게 시선을 보낸 채로, 그녀는 입을 열었다.

"어째서 '나츠오'라는 이름을 댔는지. 어째서 유우지 선배가 '나츠오'랑 만나지 못하게 되었는지. 어째서 '나츠오'라고 밝히지 않는지. ……묻고 싶은 건 잔뜩 있지만, 솔직히 그런 건 상관없어."

"상관없다고……?"

토우카쨩은 날카로운 시선을 나에게 보내면서 그렇게 말했다.

나는 그녀의 험악한 분위기에 겁을 먹고 시선을 헤매고 있었다. 똑바로 날아오는 그 시선을 받고 싶지 않다고 생각했기 때문이다.

하지만 토우카쨩은 두 손으로 내 뺨을 잡아 반강제로 시선을 맞추었다.

그 강제적인 행동에 나는 경직되었지만, 그녀는 전혀 상관하지 않고 말했다.

"묻고 싶은 것들이야 상관없다 치고 넘길 수 있지만, 꼭 말해줘야 할 게 있어."

토우카쨩의 목소리는 떨리고 있었다. 화내는 건가 생각했지만, 그녀의 눈동자에는 조금 다른 감정이 깃들어 있는 것처럼 보이기도 했다.

"유우지 선배의 눈 아래에 난 상처. ……그거, 선배를 감싸다가 생긴 거지?"

갑작스러운 질문에 나는 말문이 막혔다. 토우카쨩은 그 반응을 시시하다는 듯이 확인하고는 계속해서 말했다.

"그 상처를 선배가 어떤 생각을 하면서 보는지는 모르겠지만, 나는 이렇게 생각하거든. 그 상처가 없었다면, 유우지 선배는 주위 사람들한테 지금만큼 무서운 사람 취급받진 않았을지도 모른다고. ……그런데도!"

괴로운 표정을 지으며, 그녀는 나를 향해서 말했다.

"유우지 선배는 그 상처를. '친구를 지켜낸 훈장 같은 거야'라고. ……만족스럽게 말한단 말야."

토우카쨩의 말이 내 마음을 강하게 때렸다.

거짓말쟁이 '나츠오'를 감싸느라 생긴 흉터를, 아직도 그런 식으로 생각해준다는 사실이 기쁘게 느껴졌다.

하지만 그 이상으로, 아무런 행동도 하지 않는 자신이…… 창피해졌다.

나와 달리 좋아하는 연인을 위해서 행동하고 있는 토우카쨩은, 말없이 가만히 있는 내 뺨에서 손을 뗐다.

"……선배가 지금, 유우지 선배를 어떻게 생각하는지, 모르겠지만. 유우지 선배는, '나츠오'를 만나고 싶어해. 그러니까."

거기서 말을 끊고, 토우카쨩은 나를 향해 고개를 숙이고는 말했다.

"부탁이니까, 유우지 선배한테. ……제대로, 설명해 주세요."

충격을 받아 아무 대답도 하지 못하는 나에게,

"내가, 유우지 선배한테 거짓말을 한 선배를 용서할 수 있을지는 모르겠지만. 그래도 유우지 선배는, 친구였던 '나츠오'랑 다시 한번 제대로 만나서 이야기 나누고 싶어 하니까. 그러니까……."

고개를 들고 똑바로 나를 바라보는 토우카쨩.

내가 모르는 사이에 변했구나……, 라고 생각했다.

제멋대로인 속마음을 타인에게 들키지 않도록 교묘하게 숨겨오며 지내던 토우카쨩. 그런 면도 귀엽고 멋지다고 생각했지만, 이렇게 좋아하는 사람을 위해 고개를 숙일 수 있게 된 그녀는, 더욱 멋있다고 생각한다.

토우카쨩이 이렇게 변한 건, 분명히 유우 군 덕분이겠지.

그렇게 생각하자, 가슴이 꽉 조여들었다.

아픈 마음을 견디며 나는 그녀를 보았다.

연인을 생각하는 토우카쨩의 표정은, 너무나 당차고…….

어떤 멋진 여자아이조차 당해낼 수 없을 정도로, 아름다웠다.

"······응, 알았어."

내 말에 토우카쨩의 표정이 확 밝아졌다.

"하지만, 하나만 부탁해도 될까? 둘이서, 내 테니스 경기에 응원하러 와 줬으면 좋겠어."

그건 자신의 미련과 결별하기 위한 의식이니까.

토우카쨩은 분명, 무슨 의미인지 모를 거라고 생각한다.

그런데도 내 말에 고개를 끄덕이고는,

"알았어. 선배한테만 도망치지 말라고 말해 놓고 나만 내 열등감에서 도망치는 건, 잘못이라고 생각하니까. ······하지만, 유우지 선배한테는 그쪽에서 말해야 해. 알았지?"

토우카쨩은 조용히 답해주었다.

열등감은 나와 사이가 멀어지게 한 원인을 말하는 거라고 곧바로 깨달을 수 있었다. 토우카쨩은 자신의 약한 면에서 도망치지 않고 나를 상대해 주고 있다.

그 시절의 나는 깨닫지 못했지만, 지금이라면 알 수 있다.

하루마와 끝없이 비교당해 온 중압감에 지지 않으려, 필사적으로, 혼자서 노력해 온 토우카쨩의 고뇌를.

그걸 모르고 무신경한 소리를 해버렸던 나에게 다가와 주려 하는 그 말에, 나는 뭐라 대답해야 좋을지 곧바로 알 수는 없었다.

그래서 나는 뭔가를 말하는 대신 조용히 그녀의 말에 고개를 끄덕였다.


분명, 이걸로 좋다고 생각해.

이번에야말로 나는 결별할 거야.

미숙하고 자신만 생각하던, 응석받이인 나 자신과……이 첫사랑으로부터.


☆　☆　☆


하지만 그렇게 생각대로 되지는 않았다.

결국, 나는 유우 군과 토우카쨩에게 정신이 팔려, 시합에 제대로 집중하지 못하고 평소에는 범할 리 없는 실수를 연발한 끝에.

꼴사납게 지고 말았다.

한심했다.

이 세상에서 사라져 버리고 싶었다.

결국, 나는 유우 군에 대한 마음을 전혀 포기하지 못했고, 테니스 플레이어로서도 상대 선수에게 실례되는 행동을 범하고 말았다.

최악이라고 생각했다.

사랑도 테니스도 어중간하다.

아무것도 해내지 못하고, 아무것도 단호하게 포기하지 못한다.

나는 정말 구제불능이야, 한심해…….

혼자 곤란해 하고, 고민하고, 괴로워하던 그때.


"안녕."


히어로가 나타나 주었다.

기뻤다.

내가 곤란할 때 달려와 주는 사람.

내가 어떻게 하면 좋을지 모를 때, 곁에 있어 주는 사람.

서툴게 말하는 그를 보고, 나는 좋아한다는 감정을 억누르지 못하게 되었다.

그리고……, 어째서 내가 아니라 토우카쨩의 연인이 된 거야? 라고.

정신적으로 약해져 있던 나는 그런 화풀이에 가까운 마음까지 품게 되었다.

나는 용기를 내서 실연당한 이야기를 했다.

"무리해서 포기할 필요도 없고, 정 뭣하다면 성공하거나 제대로 포기할 수 있을 때까지 몇 번이고 고백하면 되지 않겠어?"

……살짝 얼버무렸더니 그는 지독한 착각을 했지만.

이건 너무하다, 진짜로 너무해.

나는 내 잘못은 뒷전으로 미뤄두고 그렇게 생각했다.

……너무 심한 말이었지만.

나를 걱정해서 열심히 생각해준 말이라는 건, 금방 알 수 있었다.

정말 좋아하는 유우 군이 그런 식으로 생각해주고, 말해준다.

착각이라는 것도 알고, 내가 멋대로 유리하게 해석하고 있다는 것도 알지만.

그래도.

"에이, 그렇게 풀죽은 표정 짓지 마. 나는 이걸로 후련해졌으니까!"

후련해졌다.

누군가가 나를 싫은 인간이라고 생각해도, 토우카쨩한테 지독한 여자라는 소리를 들어도.

이 마음을, 10년 가까이 품어온 이 마음을.

포기한다는 건 있을 수 없으니까——.

나는 이제.

포기하는 걸, 포기했다.

"그렇다면, 다행이야."

내 말을 듣고 겸연쩍은 표정을 짓는 유우 군.

어른스럽고 멋있어진 유우 군의, 어린아이 같은 그 표정이 너무나 귀여워서.

……그리고 어딘지 그리워서.

"응, 고마워."

자연스레 마음이 따뜻해져,

"유우 군 덕분에, 기운이 생겼어."

아무 생각 없이, 나는 그런 말로 고맙다고 인사했다.

그러자 곧바로 유우 군이 망연자실한 표정으로,

"――어?"

라고 중얼거리는 걸 보고 내 실수를 깨달았다.

"……나츠오?"

믿기 힘든 일이라는 듯이 말하는 그 표정.

그도 반신반의해서, 내가 아직 나츠오라고 확신하는 건 아니겠지만…….

그래도 이젠 내가 '나츠오'라고 고백할 타이밍은, 지금뿐이다.

……하지만 말할 수 없다.

바로 방금 전에 나는 이 연애감정을 포기하지 않겠다고 결심했는데, 설마 '나츠오'라고 고백하게 될 줄은 상상조차 하지 못했다.

온갖 생각이 머릿속에서 소용돌이쳐, 고민하고 갈등하

다가…… 뭐가 뭔지 모르게 되서.

　매달리는 시선으로 나를 바라보는 그에게서, 눈을 돌렸다.

　나는 멍한 표정으로 내 답을 기다리는 유우 군 앞에서 몸을 일으켜, 아무 대답도 해주지 않고 그 자리에서 뛰쳐나가.


　그 날처럼.

　──유우 군에게서, 도망쳤다.

## 14
## 고백

내 중얼거림을 들은 하사키는 동요했다.

그리고 곤란한, 혹은 괴로운 표정을 짓더니 천천히 자리에서 일어섰다.

그리고 아무 말도 않고 뛰어가 버렸다.

"……어?"

나는 하사키의 행동에 당황했다.

어째서 아무 말도 하지 않고 뛰어가는 거지?

단순한 말실수라면 그렇다고 말하면 그만이지만.

그러지 않는 걸 보면, 정말로…….

아니, 혼란한 상태에서 생각해 봐야 의미가 없다.

나는 자리에서 일어나, 하사키가 남기고 간 라켓 가방을 짊어지고 그녀의 뒤를 쫓기로 했다.

☆　☆　☆

하사키는 평소에 운동을 열심히 해서인지 역시 발이 빨

랐다.

나도 전력으로 그녀를 뒤쫓았다.

몇 번이나 뒤를 돌아보고 쫓아오는 나를 확인하면서 달리는 하사키. 왠지 모를 두려움이 엿보이는 표정이었다.

순조롭게 거리를 좁혀, 곧 따라잡겠다 싶은…… 그 순간에.

"이, 이 녀석! 뭐하는 짓이야?!"

"하사키의 스토커냐?!"

"아무튼, 여기서 멈춰라!"

내 앞길을 막아서는 운동복 차림의 아저씨들이 나타났다.

옷차림을 보니 테니스 스쿨 코치나 학교 선생님들인 듯했다.

아마 나를 하사키의 스토커 같은 녀석이라고 생각했으리라.

확실히 겁에 질린 표정으로 나에게서 도망치는 하사키의 모습을 보면, 사정을 모르는 사람은 그렇게 오해해도 이상하지는 않다.

하지만 이대로 멍하니 하사키를 보낼 수도 없다.

"저는 쟤 친구입니다."

그 말만 하고 지나치려 했지만…….

"그런 거짓말을 믿을 것 같냐!"

"그런 무시무시한 얼굴로 말해 봐야 누가 믿냐!"

그렇게 말하고, 아저씨들은 나에게 겁을 내면서도 하사키에게는 보내지 않겠다는 결의에 찬 표정을 지었다.

……난감하다!

성가신 아저씨들이지만, 하사키가 위험한 사람에게 쫓기고 있다고 생각해 구해주려는 것이다.

책임감과 정의감이 있는 훌륭한 어른이다. 그런 사람들을 힘으로 밀어내고 앞으로 나아가긴…… 난감하다.

젠장, 귀찮게……, 라고 마음속으로 투덜거렸을 때.

"……그, 그 사람은! 제 친구예요!"

구해준 사람은 그 상황을 모른 척하지 못한 하사키였다.

하사키의 말에 당황하는 아저씨들.

나와 하사키를 번갈아 바라보았다.

"정말이에요. 장난을 치느라……. 소란을 피워 죄송합니다."

고개를 숙이고 하사키가 말하자 아저씨들은 서로 얼굴을 마주보며,

"그렇다면야 괜찮지만……."

어색한 표정으로 그렇게 말하고 우리에게서 멀어졌다.

그들의 뒷모습을 바라보며, 나는 하사키를 향해 말했다.

"미안해, 덕분에 위기를 넘겼어."

그러자 하사키는 면목 없다는 듯이 어깨를 으쓱하고 대답했다.

"다 내가 도망친 탓인걸, 사과할 필요 없어······."

그녀의 말에 나는 '그렇기는 하지'라고 대답했다.

하사키는 '으으'하고 신음하며 눈을 내리깔았다.

"······그런데 토모키 군, 진짜 잘 뛴다. 나도 달리기에는 꽤 자신이 있는데, 설마 테니스 백이라는 핸디캡이 있는 데도 따라잡힐 줄은 몰랐어~."

뻔뻔하게 그런 소리나 하는 그녀에게 나는 말했다.

"나츠오."

내 목소리에 반응해, 흠칫 어깨를 떨며 긴장된 표정을 짓는 하사키.

이 반응을 보아하니 역시 틀림없다.

"그랬구나. 그럼 정말로 하사키가······ 나츠오였던 거구나."

내 첫 친구인 나츠오와 하사키가 동일인물이라는 걸, 나는 이제 의심하지 않았다.

단정한 얼굴, 밤색 머리카락.

그리고── 눈물을 글썽이는 한심한 그 표정이 기억 속 나츠오와 겹쳐졌다.

아아, 확실히 이 녀석은 나츠오가 맞구나, 라고. 나는 마음속으로 납득하고 있었다.

내 말에 하사키는 촉촉하게 젖은 눈을 내리깔고 안절부절못하듯 스커트 소매를 쥐었다.

그러더니, 한 차례 심호흡을 하고 천천히 고개를 들면서 나와 시선을 마주쳤다.

"······미안해. 이젠 도망치지 않을게. 제대로 이야기할 테니까. 차분하게 대화할 수 있는 곳으로, 옮길까?"

나는 하사키의 말에 고개를 끄덕였다.

그리고 그녀의 안내에 따라 자리를 옮겼다.

☆　☆　☆

테니스코트에서 조금 거리가 있고 근처에 큰 운동장도 없는 그곳은 확실히 차분하게 대화할 수 있는 장소였다.

나와 하사키는 빈 벤치에 나란히 앉았다.

그리고 잠시 뜸을 들인 후에, 하사키가 내 눈을 바라보며 말했다.

"다시 한번 말할게, 내가 나츠오야. ······오랜만이야, 유우 군."

따뜻한 웃는 하사키.

오랜만, 이라고 말한 그녀의 표정은 어딘가 쓸쓸해 보였다.

"그러게. 오랜만이야, 나츠오."

나는 그렇게 대답했다.

그러자 그녀는 조금 창피한 듯이 말했다.

"······저기, 역시 평소대로 하사키라고 불러줄래? 어쩐지 낯간지럽다고 할까, 창피하다고 할까. 나도 나츠오 모 드는 그만둘 테니까."

"그러게. 나도 하사키를 나츠오라고 부르려니 조금 위화감이 있긴 해."

내 말에 하사키는 고개를 끄덕였다.

그리고……, 그 후로 대화가 사라졌다.

나도 하사키도, 무슨 말을 해야 좋을지 모르기 때문이다.

"……안 물어봐?"

그러자 불안한 듯이 하사키가 나에게 물었다.

"뭘?"

"……이것저것."

자조하는 표정으로 하사키는 말했다.

"이것저것이라……. 어디부터 말해야 할까. ……사실 나, 지금 상당히 혼란스럽거든."

남자라고 생각했던 나츠오가 사실은 여자고.

게다가 같은 반 학생인 하사키 카나였다니.

솔직히 말해…… 뭐가 뭔지 도무지 모르겠다.

……하지만.

이렇게 나츠오와 재회하게 된 건, 역시 기뻤다.

"전혀 그렇게 안 보이는데?"

"감정을 드러내는 게, 서투르거든."

내 대답에 하사키는 부드럽게 웃었다.

"그렇구나. 나……, 한참 전부터 해야 한다고 생각한 말이 있었거든?"

나는 그 말에 하사키 쪽을 보았다.

그녀는 괴로워하는 표정으로 입을 열었다.

"미안해, 나 때문에 사람들한테 무서운 사람 취급받거나 기피당하는 걸 보면서도, 나는 유우 군한테 말을 걸지 못했어. 도와주지 못했어……. 정말로 미안해."

고개를 숙이는 하사키.

표정은 보이지 않지만, 그녀의 가냘픈 어깨와 목소리는 떨리고 있었다.

"나 때문에, 라고 말한다면……. 이 흉터를 말하는 거야?"

내 말에 하사키는 살며시 고개를 끄덕였다.

그걸 보고, 나는 저도 모르게 '하아'라고 한숨을 내쉬고 말았다.

"어?"

초조한 표정으로 고개를 들고, 하사키가 이쪽을 보았다.

"이 흉터가 없었어도 나는 원래 눈매가 험악했고, 이미 일어난 사건은 어쩔 수도 없어. 어차피 사람들이 무서워하고 피하는 건 마찬가지였겠지. ……하사키가 나한테 말을 걸지 못했던 이유도 어렴풋하게 이해가 가니까."

사정은 모르겠지만, 남자로서 친구가 되었던 상대한테 자신은 사실은 여자였다고 고백하는 건 용기가 필요한 일이겠지.

말하지 못한 것도, 그녀의 심정을 생각하면 어쩔 수 없다고 생각한다.

"하지만······."

내 말에 납득이 안 간다는 듯이 중얼거리는 하사키.

그녀는 말을 계속하려 했지만, 나는 기다려 주지 않고 입을 열었다.

"확실히 나도 이 흉터 때문에 인상이 나빠졌다는 생각이 안 드는 건 아냐. 하지만 그때나 지금이나 이 흉터는 변함없이 친구를 지켜냈다는 증표고······, 내 자랑이야."

하사키가 나에게 시선을 보냈다.

서로의 시선이 정면에서 마주쳤다.

눈동자에는 눈물이 맺혀 있는 듯했다.

그 후로 몇 년이 지난 지금도, 울보인 건 여전하구나.

"그러니까 이젠, 사과하지 말아 줘."

나는 하사키에게 말했다.

그녀의 얼굴은 석양빛을 받아 새빨갛게 물들어 있었다.

끄덕, 한 차례 고개를 움직인 후에.

"역시, 나는······."

그녀는 자기 자신을 타이르듯 그렇게 중얼거렸다.

하지만 이어지는 말은 없었다.

대체 뭐가 '역시'였는지, 그건 모르겠다.

……하지만 이걸로 퍼즐은 전부 맞춰졌다.

가끔 나와 대화하면서 하사키가 보여준 쓸쓸한 표정.

어쩌면 하사키는 자신이 나츠오라는 걸 알아주지 않아서 쓸쓸하게 느꼈을지도 모르겠다.

이야기를 듣고 보니 이렇게 흔적이 남아 있는데…… 하사키에게는 외로운 기분이 들게 만들어 버렸다.

그런 식으로 이제까지의 일을 회상하고 있자니,

"저기, 알고 있었어? 내가……, 유우 군한테 거짓말만 하고 있었다는 걸."

하사키가 진지한 표정으로 말했다.

"그랬어?"

천천히 고개를 끄덕이고, 그녀는 말하기 시작했다.

"일단 남자아이라고 거짓말을 했고, 초6때 여름에는 약속을 깨고 만나러 가지도 않았어. ……그리고 저번에도, 체육관 뒤편에서 유우 군이랑 친구가 되고 싶다고 거짓말을 했어."

"뭐?! 친구가 되고 싶다는 게 거짓말이었다고? ……아, 아아, 이미 친구인데 그런 소리를 하면 '거짓말'이 되는구나."

편지로 호출된 그 날의 일을 떠올리면서 그렇게 말한 나에게, 하사키는 부드러운 표정으로 고개를 가로저었다.

"아니, 그게 아냐. ……이제부터 하는 말은 거짓말이 아니지만."

그렇게 운을 떼고는, 그녀는 이어서 말했다.

"나, 사실은 유우 군의 친구가 아니라 연인이 되고 싶었거든."

"뭐?"

아무리 그래도 지금은 잘못 들은 거겠지.

그렇게 생각하고 나는 그녀에게 뭐라고 말했는지 다시 물어보려 했지만……

간절하게 나를 바라보는 하사키를 보고, 말을 이을 수가 없었다.

"누구보다도 상냥하고, 강하고. ……내가 곤란할 때 곁에 있어 주는 네가, 좋아. ……정말 좋아."

넋을 잃을 정도로 예쁜──.

하지만 어딘지 덧없는 웃음을 지으며 그녀는 말했다.

"저를, 유우 군의 여자친구로 삼아주세요."

# 15
## 대답

　그녀는 고백한 후에 아무 말 없이 이쪽을 바라보고 있다.

　나는 머릿속으로는 뭐라 대답해야 한다고 생각했지만, 갑작스러운 고백에 혼란스러워 아무 대답도 할 수 없었다.

　그런 내 모습을 본 하사키는,

　"미안해, 갑자기 이런 소리를 들어도 곤란하겠지. ……하지만 나는 진심으로 유우 군을 좋아해. 사귀는 사람이 있다고 해도 포기할 수 없을 정도로, 너무너무 좋아해."

　똑바로 나를 바라보며 그렇게 말했다.

　나는 그 고백에 당황하면서도 하사키에게 물었다.

　"하사키는 이케를 좋아한다고 생각했는데, 너무 충격적이라……."

　"못 믿겠어?"

　"못 믿겠다기보단……."

　말하는 도중이었지만, 하사키는 내 입술에 검지를 대서 그걸 가로막았다.

갑작스러운 일에 동요해, 아무 말도 하지 못하게 된 내 뺨에…….

하사키는 쪽, 하고 자신의 부드러운 입술을 맞추었다.

부드러운 입술의 감촉이 뺨에 닿았다.

땀 억제제가 섞인 하사키의 냄새가 콧구멍을 간지럽혔다.

키스를 끝내고, 하사키는 잠시 움직이지 못하게 된 나에게 말했다.

"이랬는데도 안 믿어준다면, 다음에는 입술에 키스할 거야."

나는 그녀의 말을 받아들였다.

"이렇게까지 한다면 안 믿을 수 없지. 미안해, ……내가 실례되는 소리를 했구나."

얼굴이 뜨거웠다. 좋아한다는 말을 듣고, 뺨에 키스까지 당했다. 그녀의 마음은 똑똑히 전해졌다.

내 사과를 들은 하사키는 퍼뜩 놀라 얼굴이 새빨갛게 달아오르더니, 내 가슴에 이마를 가져다 댔다.

"괜찮아, 신경 쓰지 않아도 돼. 갑작스러운 일이라서 분명 놀랐을 테니까."

"이번에는 뭘 하고 있는 거야?"

"……지금 내 얼굴, 분명 새빨개져 있을 테니까. 보여주고 싶지 않아."

나와 마찬가지로, 그녀도 엄청나게 창피한 듯했다.

그렇게 창피하다면 아무리 뺨이라고 해도 무리해서 키스할 필요까진 없었을 텐데, 라고 생각했다.

"그런데, 하사키는 그런 캐릭터였구나."

나는 아직까지도 열기가 남은 뺨을 매만지며 그렇게 말했다.

설마 사귀는 사람이 있다는 걸 아는 상대에게 기습 키스를 할 정도로 정열적이었을 줄은, 생각지도 못했다.

"스스로도 깜짝 놀랐어. ······뭐라고 할까, 어차피 이렇게 된 거 당당해지자. 될 대로 되라, 라는 느낌이야."

내 가슴에서 이마를 떼고 하사키가 말했다.

하지만 여전히 창피한지 내가 얼굴을 보지 못하게 한쪽 손으로 옆얼굴을 가리고 있다.

그 동작이 묘하게 귀여웠다.

이런 예쁜 여자아이가, 대체 무슨 생각으로 나 같은 놈한테 고백 한 걸까.

나는 신경이 쓰여 무심결에 물어보았다.

"저기, 언제부터 나를······?"

하사키는 내 말을 듣더니, 가렸던 얼굴을 똑바로 돌려 나를 쳐다보았다.

그리고 내 얼굴에 손을 뻗어 가만히 눈가의 상처를 만졌다.

"나를 감싸느라 유우 군이 다쳤던 그때부터. 나는 그때부터 쭉, 너를 좋아했어."

그건 확실히 내 인생의 피크라고 할 수 있을 만큼 멋있는 행동이었다고 생각한다.

그건 그렇고, 그렇게 예전부터 나를 좋아해 주고 있었다는 건가.

그렇게 생각하고 나서야 깨달았다.

"……미안해. 난 이제까지 내가 모르는 동안에도 분명 하사키한테 상처를 주었겠구나."

생각해 보면 하사키 앞에서 토우카의 이야기를 할 때마다, 그녀는 어딘지 괴롭고 쓸쓸한 표정을 짓고 있었다.

분명 내 무신경함 때문에 상처를 받았던 게 분명하다.

"유우 군 탓이 아냐. 내가 내 마음 하나 똑바로 전달하지 못한 게 제일 큰 문제니까. ……그렇긴 하지만."

그녀는 다시 결심을 굳힌 듯이 나에게 말했다.

"이렇게 고백했으니까, 진지하게 답을 주면 좋겠어."

그녀의 말에 나는 고개를 끄덕였다.

……이런 식으로 정면에서 마음을 전해준 사람에게 불성실한 대응은 하고 싶지 않다.

나는 하사키에 대한 내 마음과……, 토우카에 대해 생각했다.

이 고백을 받아들이면 토우카는 어떻게 생각할까.

내 판단이 정확하다면……, 분명 기뻐해줄 것이다.

예전에 그녀가 나에게 했던 말.

'선배가, 이 '가짜 연인 관계'가 싫어질 때까지. 저랑 이 관계를 계속해 주세요.'

지금 생각하면 아마 토우카는 '나에게 좋아하는 사람이 생겼을 때는 망설일 필요 없다'라고 말하고 싶었던 거겠지.

그걸 직설적으로 전할 수 있을 만큼 토우카는 솔직한 성격은 아니다. 하지만 그녀의 상냥함을 아는 나는 이 생각이 틀리지 않았다고 생각한다.

그러니 나에게 여자친구가 생긴다면.

내가 아사쿠라가 친구가 되었을 때와 마찬가지로, 토우카는 기뻐하며 축복해 줄 것이다.

원래 내 머릿속에 있지도 않았던 '여자를 꼬시지 마라' '다른 여자와 둘이서만 있는 건 안 된다' 같은 말에는 그녀 나름의 '배려'가 포함되어 있었는지도 모른다.

그렇다면 남은 문제는 내 마음이다.

나는 '나츠오'를, 지금도 소중한 친구라고 생각하고 있다.

그 정체가 '하사키 카나'라는 여자아이라는 걸 안 지금도.

가능하다면 나는 그녀와 예전처럼 사이좋게 지내고 싶

다고, 그렇게 생각한다.

　하지만——.

　"좋아한다고 말해 줘서, 나는 정말로 기뻐. 고마워, 하사키."

　내 말을 듣고 표정이 밝아진 하사키에게, 나는 이어서 말했다.

　"……하지만 미안해. 너와 사귈 수는 없어."

　내 대답은 정해져 있었다. 이런 나를 좋아해준 하사키에게, 나는 얼버무리지 않고 똑바로 대답했다.

　상처를 줄지도 모르겠지만 그것까지 각오하고서.

　"……토우카쨩과 유우 군이 함께 있는 모습을 쭉 봐 왔으니까 이미 잘 알지만. 역시 거절당하는 건, 괴롭구나……."

　가슴 아픈 표정으로 어깨를 늘어뜨리는 하사키.

　나는 뭐라고 말을 걸어야 할지 망설였지만, 그녀는 계속해서 물어보았다.

　"저기, 안 되는 이유를 물어봐도 괜찮을까?"

　하사키의 고백을 거절한 이유.

　그건 두 가지가 있다.

　"나는 이제까지 하사키를 연애 상대로 본 적이 없었어. 분명히 소중한 친구이긴 하지만, 그게 연애감정이냐고 묻는다면……, 그렇지는 않아. 이런 마음으로 하사키와 사귀는 건, 실례라고 생각했어. 그러니까 하사키와는 사귈 수 없어."

그리고 또 한 가지 이유.

아무리 가짜 연인 관계라고 해도, 나는 토우카와의 관계가 마음에 든다.

아마 나는, 그렇게 단순히 이 관계를 무너뜨리는 짓은 하지 않을 것이다.

내 말에 하사키는 눈을 휘둥그레 떴다.

"그렇구나. ……난 완전히 '토우카가 더 소중해'라는 한 마디로 정리할 줄 알았는데. 말투에서 왠지 빈틈이 느껴지는걸."

"빈틈이라……."

만약 내가 토우카와의 관계를 끝내가면서까지 하사키와 사귀고 싶다는 마음이 들었다면, 이 고백을 받아들였을 것이다.

그렇게 생각하면 확실히 빈틈투성이긴 하다.

그래도 나는 하사키의 고백을 거절하고 토우카와의 가짜 연인 관계를 소중히 여기기로 선택했다.

분명 나는 그 일을 후회하지 않을 것이다.

하사키는 나를 보더니 천천히 한숨을 내쉬었다.

그리고 똑바로 나를 보며 말했다.

"유우 군……, 아니, 유우지 군. 그럼 적어도── 적어도. 나랑 친구부터 시작해 주지 않을래?"

개운하고 맑은 표정을 짓는 하사키.

거짓 없는 진심을 전해준 그녀에게, 나도 대답했다.

"그럼, 물론이지. 잘 부탁해, 하사키."

나는 악수를 청하며 하사키에게 오른손을 내밀었다.

하지만 그녀는 방긋 웃기만 하면서, 내가 내민 손을 쳐다보려 하지도 않았다.

……왜 그러는 거지?

"카나라고 불러줄래?"

"뭐?"

"나를 카나라고 불러 줘, 유우지 군. 친구가 되었으니까 성이 아니라 이름으로 부르는 것 정도는 이상한 일이 아니잖아?"

그렇다. 그건 이상한 일이 아니다.

나로서도 이렇게 고백까지 해준 그녀를 이제까지와 똑같이 하사키라고 부르는 것보다는, 어릴 적처럼 나츠오라고 부르는 것보다는.

다른 방식으로 부르는 편이 좋겠다는 기분이 들었다.

"그럼 다시 인사할게. 잘 부탁해, 카나."

"응, 잘 부탁해. 유우지 군."

내가 카나라고 부르자 그녀는 만족한 듯이 웃으면서 악수에 응해 주었다.

"……그리고, 하고 싶은 말이 하나 더 있거든?"

내 손을 잡은 채로 그녀는 말을 이었다.

"이제부터, 각오해!"

그렇게 선언한 카나.

대체 무슨 소리를 하는 걸까?

그녀의 말에 나는 솔직하게 물었다.

"그게 무슨 말이야?"

그러자 카나는 고혹적인 미소를 지으며 짧게 대답했다.


"아직 그건, 비밀……이야."

# 16
## 선전포고

카나에게서 고백을 받은 다음 날.

나는 생각에 잠긴 채로 평소와 같이 등교했다.

언제나와 같은 등교 풍경.

"우왓, 토모키다······."

"뭔가 오늘은 평소보다 더 기분이 안 좋아 보이는데?"

"큰일이다, 눈 마주쳤다간 죽을 거야······."

주위 학생들은 나를 보고 자기들끼리 수군거리며 재빨리 거리를 두었다.

안타깝지만 나에게는 이게 평소의 등교 풍경이다.

하지만 생각을 좀 했을 뿐인데, 평소보다 기분이 더 안 좋아 보인다는 말을 들을 줄은······.

나는 생각조차 하지 말라는 거냐, 라고 혼자서 탄식했다.

하지만 덕분에 지금은 주위에 학생이 싹 사라졌다. 이제 마음 놓고 편하게 생각에 잠길 수 있다.

서글프기 그지없는 자기위로다.

그건 그렇고 설마 하사키 카나와 나츠오가 동일인물이었을 줄이야, 정말 놀랐다.

그런 데다……, 그 카나가 나에게 고백을 하다니, 상상조차 하지 못했다.

고백을 거절한 일을 다시 생각하면……, 마음이 아프다.

특히 나는 그녀의 고백에 대답할 때 토우카와의 '가짜' 연인 관계에 대해 전혀 설명하지 않았다.

그녀가 정면에서 말해주었는데도, 나는 토우카와의 관계에 대해 거짓말을 하고 있다.

……이래서야 죄책감이 들지 않을 수가 없다.

"좋은 아침이에요, 선배♡"

그렇게 내 고민거리를 날려버리고서 등 뒤에서 달콤하게 말을 건 사람은, 바로 그 '가짜' 연인인 토우카였다.

경쾌하게 걸어 내 옆으로 다가왔다.

"어, 좋은 아침이야."

"오늘은 날씨가 좋네요~. 어라, 어째 평소보다 얼굴이 더 무서운데요? 무슨 일 있었나요?"

인사하는 내 얼굴을 바라보며 토우카는 그렇게 말했다.

내 얼굴, 토우카가 보기에도 역시 무서웠나보다…….

하지만 무섭다고 생각하면서도 이렇게 도망치지 않고 옆에 와 주는 게 기뻤다.

걱정하는 토우카의 얼굴을 보면서 나는 생각했다.

지금의 나는 카나뿐 아니라 다른 누구와도 연인이 되겠다는 생각이 들지 않는다.

나는 토우카와의 이 관계가 진심으로 마음에 드니까.

그래서 나는 카나의 고백을 거절하고.

토우카와의 관계를 우선시한 것을, 후회하지 않는다.

"생각 좀 하느라."

내가 말하자 토우카는 조심스러운 눈빛으로 물었다.

"나츠오 군에 대해서인가요?"

그녀의 말에 나는 조금 놀랐다.

하지만 토우카에게는 원래부터 나츠오의 정체를 알고 있었다는 분위기가 있었다.

그리고…… 어제 역에서 헤어진 후로 내가 어떻게 행동했을지 그녀가 예상했어도 이상할 건 없다.

"응, 그래."

"……만났나요?"

"응, 만났어."

내 말에 토우카는 상냥하게 웃었다.

"놀랐나요?"

"응, 놀랐어."

"기뻤나요?"

"응, 기뻤지. ……고마워, 토우카."

하나씩 이어지는 토우카의 질문에 대답하며, 나는 그녀에게 고마움을 전했다.

아마 카나가 나에게 나츠오에 대해 말해준 건 분위기를 탔다는 점도 있겠지만……, 토우카가 등을 밀어주었기 때문이라고 생각한다.

"……어, 뭔가 말했나요?"

토우카는 고개를 돌리고서 애니메이션의 난청계 주인공처럼 뻔뻔하게 말했다.

"아냐, 아무것도."

──고맙다는 말 같은 건 필요 없거든요!

분명 그렇게 말하고 싶은 것이다.

새삼, 토우카는 좋은 녀석이라고 생각했다.

그렇다면 나도 이 이상은 아무 말 하지 말아야지. 그렇게 생각하며 토우카와 함께 걷고 있자니…….

"앗, 좋은 아침~!"

등 뒤에서 쾌활한 목소리로 누군가가 인사했다.

돌아보니 이쪽을 향해 손을 흔드는 카나가 보였다.

"안녕하세요~."

토우카가 부드럽게 웃으며 카나에게 인사했다.

"……어, 안녕."

나도 그녀에게 인사했다.

카나의 얼굴을 보자 어제 일이 떠올라 살짝 창피한 기분이 들었다.

하지만 우리는 이제부터 다시금 친구 관계를 쌓아가는 것이다.

카나가 이렇게 다가와 주고 있다.

그건 기쁜 일이었다.

카나는 그대로 옆에 나란히 섰다.

"어제는 둘 다 응원해 줘서 고마워~!"

우리에게 가볍게 인사한 후에.

"오늘도 멋있다아, 유우지 군♡"

꾹, 하고.

내 팔에 자기 팔을 두르는 카나.

"······어?"

"······무슨 짓이야아아?!"

나와 토우카는 한순간 멍해진 후에, 동시에 놀라서 소리를 질렀다.

"뭐하는 거야, 카나?"

"뭐냐니······ 스킨십인데?"

내가 묻자 고개를 갸웃거리며 당연하다는 듯이 대답했다.

스킨십이라니······, 친구라면 남녀 사이여도 이 정도는 별거 아닌가?

당연하다는 듯이 말하는 카나에게, 나는 당황하면서도

그렇게 생각했지만.

"······유우지 군? ······카나?"

토우카의 날카로운 목소리가 귀에 닿았다.

"응, 우리 어제부터 좀 더 친근한 호칭으로 부르기로 했거든, 그치, 유우지 군?"

토우카의 중얼거림에 카나가 대답하며 나에게 동의를 구했다.

"아, 으응. 그래."

"뭐라구요?! 어째서 그렇게 된 건데요?!?! 나츠오로서 만났을 뿐이······."

토우카가 곤혹스러워하며 그렇게 말했다.

내가 사정을 설명하려고 입을 열려는 순간······.

"토우카쨩한테 아직 말 안 했어? 나, 어제 유우지 군한테 고백했는데?"

라고 카나가 말했다.

"어? ······어어?"

아연한 표정으로 토우카가 중얼거렸다.

"거절당해 버렸지만~."

라고, 원망하듯이 나를 보면서 카나가 말했다.

"그, 그랬군요. ······그, 그야 유우지 선배한테는? 여자친구인 제가 있으니까요? 하사키 선배의 마음을 받아들이지 못한다는 건 당연하겠지만요?"

자신만만한 표정을 지으면서 토우카는 말했다.

"……어라? 그럼 어째서 남의 남자친구한테 집적거리는 거예요?! 진짜로 믿을 수가 없네?! 지금 당장! 거기서 떨어지라고요?!?!"

그리고 곧바로 화난 목소리로 소리쳤다.

우리를 힘으로 떼어놓으려 했지만, 카나는 짓궂은 표정을 지으며 토우카에게 귓속말했다.

"고백은 거절당해 버렸지만. '무리해서 포기할 필요는 없어. 성공하거나 제대로 포기할 수 있을 때까지 몇 번이고 고백하면 돼'라는 말을 들어버렸지 뭐야~. 즉, 다 유우지 군한테 허락받고 대시하는 거거든?"

"네? 유우지 선배가 그런 심한 말을 할 리가 없는데요. 거짓말을 하려면 조금 더 그럴듯하게 하지 그래요? 안 그래요, 선배?"

토우카가 바보 같은 소리라는 듯이 잘라 말하며 나에게 물었다.

그녀의 말에 나는 고개를 끄덕였다.

나는 어제 카나의 고백을 분명하게 거절했다.

"그래, 확실히 그런 소리는……, 앗?!"

하지만 나는 말하면서 깨달았다.

그러고 보니 그런 말도……, 하긴 했구나…….

물론 카나의 고백에 대한 대답으로 한 말은 아니었다.

하지만 이케에게 차여서 침울해져 있다고만 생각해, 내가 카나에게 그런 말을 했다는 건 분명한 사실이다.

"……어, 그 반응은 뭐죠? 말한 거예요? 그런 어장관리 선언을 당당하게 한 거예요, 선배는?"

절망한 표정으로 토우카가 다시 물었다.

이거, 나를 경멸하고 있군…….

"……말했어, 확실히."

"네, 네에?!"

당장이라도 울 것 같은 얼굴로 나를 노려보는 토우카.

나는 변명으로 들릴 걸 알면서도 토우카에게 설명하려고 했지만…….

"그렇게 된 거야!! 그러니까 어장에서 벗어나 진짜 여자친구가 될 수 있도록, 이렇게 노력하고 있는 거지♡"

카나가 기쁜 듯이 웃으며 나와 팔짱을 낀 자기 팔에 힘을 꽉 주었다.

"어? 그게 뭐야……. 뭐, 뭐지?"

눈에서 초점이 사라진 채 멍하니 중얼거리는 토우카를 향해, 카나는 이어서 말했다.

"나는 이제부터 유우지 군에게 했던 고백이 성공할 때까지, 마구 어필할 생각이거든. 그리고……."

씨익, 하고 카나는 호전적으로 웃었다.

"초등학생 때 다툰 후로 토우카쨩을 어떤 식으로 대해

야 좋을지 몰라서 고민했는데, 앞으로는 같은 사람을 좋아하는 사람끼리, 사이좋게 지내고 싶어."

"그, 그럼 빨리 선배한테서 떨어지라고요!"

"어~, 싫은데? 진지한 승부에서 사정을 봐주는 건 내 스타일이 아니라서 말야! 상대가 토우카쨩이라고 해도, 나는 지고 싶지 않으니까."

토우카는 혼란스러워 했지만, 카나는 신경도 쓰지 않았다.

"그러니까 토우카쨩──."

한쪽 눈을 감고 두 손을 합장하더니, 카나는 말을 이었다.

"유우지 군을 빼앗아 버리게 되어도, 이해해 줄래?"

그 말에 토우카는 생기를 잃은 표정으로 카나를 노려보았다.

"아니, 카나! 나는 그런 생각으로 말한 게……!"

나는 변명하듯 입을 열었지만,

"그때 나는 몇 번이나 반복해서 확인을 받아 두었으니까. 이제 와서 시치미를 떼도 절대로 안 들을 거야!"

카나가 단호하게 말했다.

한심하지만, 나는 그녀의 그 말에 아무 대꾸도 하지 못했다.

……완전히 자업자득이다.

궁지에 몰린 나와, 그녀의 시선이 딱 마주쳤다.

카나는 살짝 부끄러운 듯이 뺨을 붉히고서, 그래도 정면에서 선언했다.

"그렇게 되었으니까, 둘 다. ……앞으로 각오해 둬. 알았지?"

시원스러우면서도 고혹적으로 웃는 그녀에게, 내 시선은 무심결에 고정되고…….

나는 그만 그녀의 웃는 모습에 가슴이 두근거리고 말았다.

## 또 한 명의 선전포고

……아, 이게 다 뭐야!

진짜로 뭐가 어떻게 된 건지 영문은 모르겠네?!

아침부터 하사키 선배가 유우지 선배한테 꼬리를 치는 바람에 난 역대급으로 짜증이 나 있었다.

선배가 나츠오를 만나고 싶어하니까, 그 사람한테 사정을 설명해 달라고 부탁했는데…….

설마 고백을 할 거라고는 상상도 못 했어!

하지만 다시 생각해 보면.

확실히 그 사람은 나랑 선배가 함께 있을 때면 어쩐지 표정이 어두웠었지.

나는 이름이랑 성별을 속였다는 걸 어릴 적 친구인 선배한테 말하지 못해서 마음이 불편한 거라고 멋대로 해석하고, 그 사람을 뒤에서 밀어줬는데.

……여자친구인 내 존재를 두려워하지도 않고, 고백까지 할 정도로 좋아할 거라고는 생각도 못 했어!

"오늘 토우카 님 왜 저래? 기분이 안 좋아 보이는데?"

"어? 몰랐어? 그 양아치 남친이 테니스 한다는 그 왕가슴 선배랑 양다리를 걸치고 있대~."

"우왓, 정말로?! 기분이 안 좋을 만도 하네!"

"너무 불쌍해……."

같은 반 녀석들이 멋대로 내 이야기를 해대고 있다.

평소라면 여유로운 태도로 대응하겠지만…… 지금의 나는 그럴 수 없었다.

풀이 죽어 언짢음을 노골적으로 드러내는 나에게 용기 있게 말을 걸려는 사람은 없었다.

"저기, 토우카. 그렇게 침울해 하지 마."

……라고 생각했는데, 딱 한 명이지만 나한테 말을 거는 사람이 나타났다.

그건 바로 같은 반 남학생.

얀데레 호모 빡빡이, 카이 렛카였다.

나는 고개를 들어 말없이 그의 얼굴을 보았다.

카이 군은 어째서인지 수줍게 웃으며 나를 격려하는 말을 했다.

"토모키 선배가 바람을 피울 리가 없잖아? 만약 바람을 피우셨더라도 분명 뭔가 생각이 있어서 그러시는 거야. ……그야 불안한 건 어쩔 수 없겠지만, 믿고 기다려 줘."

……이 자식, 뭘 실실 쪼개고 있어.

카이의 수줍어하는 표정을 보니 짜증이 확 났다.

그보다 왜 그렇게 들떠 있어?

혹시 '하사키 선배가 건투하고 있으니까, 나도 기회가 있을지도?!'라고 생각하는 걸까?

……아무리 그래도 그건 아니려나.

나는 머리를 흔들어 그 생각을 떨쳐냈다.

아무튼 나를 걱정해서 말을 걸어줬으니까.

이 자식이 선배한테 한 짓을, 나는 아직 용서하지는 못했지만.

그래도 지금처럼 선배를 믿고 나를 위로해준 건……, 고마운 일이었다.

"응, 고마워. 카이 군."

"아아, 신경 쓰지 마, 토우카."

카이 군은 웃으며 나에게 그렇게 말하더니,

"게다가, 하사키 선배가 건투하고 있으니까……, 어쩌면 나한테도 기회가 있을지도."

라고 작게 중얼거렸다.

황홀한 표정으로 뺨을 발그레 물들인 그 모습은 그야말로 사랑에 빠진 소녀 같았다.

……없어, 없다고.

너한테 기회 따윈 정말로 없어, 이 얀데레 호모 빡빡이 자식아!

──이날, 나는 카이 렛카를 영원히 용서하지 않겠다고

마음속 깊이 맹세했다.


☆　☆　☆


　그리고 점심시간이 되었다.

　나는 수업이 끝나자마자 서둘러 선배가 있는 교실로 향했다.

　……빨리 선배를 만나고 싶었다.

　만나서 대화를 하지 않으면, 정신이 이상해져 버릴 것 같았다.

　"선배, 같이 밥 먹……?!"

　언제나 그렇듯 교실 문을 열고 선배를 부르려다가……, 말문이 막혔다.

　교실에는 확실히 유우지 선배가 있었지만,

　"유우지 군~, 오늘은 도시락 만들었으니까, 같이 먹자, 응?"

　"어, 정말?"

　"응♡ 이거 봐, 내가 직접 만든 도시락이야~."

　선배의 팔에 달라붙어 도시락 꾸러미를 두 개 드는 하사키 카나……. 아니. 부끄러운 줄 모르는 도둑고양이.

　선배는 곤혹스러워 하면서도, 그녀가 든 도시락을 보면서 '어, 정말로?'라고 중얼거리고 있었다.

나는 그런 대화를 나누는 두 사람에게 다가가, 뒤에서 말을 걸었다.

"저기~, 하사키 선배? 제 남자친구한테 그만 좀 꼬리치는 게 어때요? 유우지 선배는 저랑 같이 점심 먹을 거거든요?"

내 말에 유우지 선배가 어깨를 움찔 떨면서 돌아보았다.

하사키 선배는 장난스럽게 웃으면서,

"앗, 토우카쨩이다~. 뭐 어때, 모두 함께 먹으면 분명히 더 맛있을걸? 괜찮으면 내가 만든 도시락 반찬, 한번 먹어봐!"

"단호하게 거절하겠어요."

"토우카쨩 너무 무서워~!"

그렇게 말하면서 자기 가슴을 유우지 선배에게 은근슬쩍 갖다 대는 하사키 선배.

선배는 별다른 반응을 보이지는 않았지만……, 그래도 짜증이 솟구쳤다.

"으악, 이케 여동생이잖아."

"아수라장이라는 게 이런 거구나……."

"어째서 하필 이런 때에 이케가 교실에 없는 거야……."

주위 학생들이 우리를 보고 쑥덕거리고 있었다.

내가 째릿 노려보자 모두가 일제히 고개를 돌렸다.

그리고 몇몇 남학생이 시치미를 떼고 휘파람을 불었다.

전부터 어렴풋이 느꼈는데, 이 반 학생들 너무 분위기를 잘 타지 않나?

……엄청 열 받는데?

"미안해, 카나. 오늘은 같이 먹기 힘들 것 같아. ……그리고 슬슬 떨어져 주지 않을래?"

'뭐어~?'라고 불만스러운 듯이 말하면서도 선배의 진지한 표정을 보고 순순히 놓아주는 하사키 선배.

"……알았어. 오늘 점심은 참아야겠네. 그래도 기왕 유우지 군을 위해 만든 도시락이거든? 먹어주면 기쁠 것 같아."

수줍은 표정으로 몸을 배배 꼬며 그렇게 말하자, 선배는 천천히 고개를 끄덕였다.

"그래, 고맙게 받을게."

그렇게 말하고 하사키 선배가 내민 도시락을 받는 유우지 선배.

"에헤헤. 괜찮다면 나중에 감상도 들려줄래?"

행복한 미소를 지으며 하사키 선배가 말했다.

"알았어."

유우지 선배는 그녀의 말에 그렇게 답한 후에,

"가자, 토우카."

라고 말하며 나에게 면목 없다는 표정을 지었다.

해주고 싶은 말이나 불만은 잔뜩 있었지만.

나는 아무 말도 하지 못하고 그저 눈물을 그렁거리는 눈으로 유우지 선배를 불평하듯 노려보는 수밖에 없었다.

☆　☆　☆

"교실에 있기가 그렇게까지 불편했던 건, 정말 오랜만이야⋯⋯."

옥상에 도착하자 평소처럼 시트를 깔고, 선배는 한숨을 푹 내쉬더니 곤란한 듯이 그렇게 말했다.

"선배가 하사키 선배를 어장관리하고 있다는 소문이 이미 쫙 퍼져서, 저도 교실에 있을 때 너무너무 불편했거든요?"

"⋯⋯내가 경솔했어, 미안."

"⋯⋯그 도시락을 받은 것도, 무지막지하게 경솔한 행동이라고 생각하는데요?"

선배가 하사키 선배한테서 받은 도시락 꾸러미를 여는 걸 보면서, 나는 물었다.

"그래도 나를 위해서 굳이 만든 건데. ⋯⋯어떻게 안 먹냐."

"한번 받아주면 자기가 뭐라도 되는 줄 알고 앞으로도 계속 만들려 든다고요!! 그런 건 곤란하지 않나요?!?!"

"확실히 그건 곤란하긴 해⋯⋯. 하지만 도시락을 만들어 준 건, 기쁜 일이니까."

씁쓸하게 웃으면서도 상냥한 목소리로 말하는 선배.

⋯⋯푹, 내 가슴에 가시가 꽂혔다.

"우읏!"

그리고 도시락 안을 본 선배가 소리쳤다.

대체 왜 그러지 싶어 나도 선배가 든 도시락을 엿보았다.

"으엑, 막무가내잖아……."

나는 저도 모르게 중얼거렸다.

흰 쌀밥 위에 벚꽃 어묵으로 하트 마크를 그려 놓았다.

위장한 관계라지만 아무튼 연인인 나조차 몇 시간이나 고민한 끝에 기각한 아이디어인데, 단순한 친구 주제에 태연하게 실행하는 그 두꺼운 낯짝에 나는 조금 기겁했다.

"그런 식으로 말하지 마."

선배는 겸연쩍은 듯이 말했다.

아마 그 하트 마크를 보고 선배도 기겁했을 것이다.

그래도 선배는 상냥하니까, 저도 모르게 하사키 선배를 감싸는 말이 입 밖으로 나온 거겠지.

그리고 유우지 선배는 젓가락을 손에 들었다.

"잘 먹겠습니다."

도시락을 먹기 시작하는 유우지 선배.

직접 만든 듯한 미니 햄버그를 먹었다.

만족스러운 표정으로 계속해서 젓가락을 움직인다.

그리고 순식간에 도시락을 싹 비운 선배에게, 나는 아무래도 신경이 쓰여서 물었다.

"……맛있었나요?"

"응, 맛있었어."

"……제가 만든 도시락이랑, 어느 쪽이 더 맛있나요?"

"양쪽 다 맛있어. ……비교할 수 없지."

곤란한 표정으로 선배는 말했다.

……내가 지금 한 질문은 듣는 쪽에서 기분 나쁠지도 모르겠다.

하지만 신경이 쓰이는걸. 너무 신경 쓰인다고.

그런 식으로 갈등하는 나를 보고, 선배가 말했다.

"토우카. 예전에 가짜 연인 관계가 싫어질 때까지 이 관계를 유지해 달라고 말했지?"

선배의 표정은 진지했다.

나는 그 표정을 보고, 가슴이 조여드는 기분이었다.

……선배가 무슨 말을 하려는지 어쩐지 예상이 갔기 때문이다.

"나는 이 관계가 마음에 들어. 카나한테 고백받았을 때, 난 토우카랑 가짜 연인을 계속하고 싶다고 생각했어. 거기에 대해서 후회는 전혀 없어. 하지만……, 다시 고민하면서, 생각하게 된 게 있거든."

"……뭔가요 그게?"

선배에게 물어보기는 했지만……, 사실은 더 듣고 싶지 않았다.

"만약 나한테 좋아하는 사람이 생긴다면. 그때 분명 나는 토우카와의 이 '가짜 연인 관계'를 끝낼 거라고 생각해.

……내가 누군가를 진지하게 좋아하게 될지는 모르겠지만, 만약 그때가 온다면……, 토우카한테도 제대로 보고할게."

선배가 나와의 관계를 소중하게 여겨주는 건 순수하게 기쁘다.

하지만 나는 결국 '소중한 후배' 이상은 되지 못한다.

그게 분해서…….

"그래서 하사키 선배한테 어장관리 선언 따월 한 건가요?"

나는 그런 소리를 해버리고 말았다.

"변명으로밖에 들리지 않겠지만. 나는 이제까지 쭉 카나는 이케를 좋아한다고 착각했었어. 그런 착각을 한 채로 카나를 격려하다가……, 지금 같은 상황이 되어 버린 거야."

면목 없다는 듯이 말하는 선배.

그 표정을 보고 자기혐오가 들었다.

……최악이야, 난.

선배한테 악의가 없다는 걸 다 알면서도.

선배가 나를 좋아하는지 자신감을 갖지 못하고 불안함만 느끼니까, 선배한테 물어봐선 안 되는 걸 물으며 화풀이를 하고……, 상처를 주었다.

"알아요, 선배가 그런 지독한 짓을 하지 않는다는 건.

……그만 심술궂은 소리를 해 버렸네요."

"신경 안 써, 고마워."

선배는 따뜻한 웃음을 머금고서 그렇게 말했다.

……지금의 나에게 고맙다는 말을 들을 자격 같은 건 없는데.

하사키 선배한테서 고백을 듣고 고민할 필요는, 사실 유우지 선배한테는 없다.

나와의 관계가 아니라면, 사귀든 거절하든 좀 더 마음 편하게 하사키 선배를 대할 수 있을 테지만.

내가 응석을 부리며 '가짜 연인 관계'를 부탁한 탓에, 불필요한 죄책감을 선배에게 품게 만들었다.

그런 걸 다 알고 있는데도……, 그런 건, 절대로 싫다고 생각했다.

그런 생각으로 한 말이 아니다.

함께 있어주었으면 하니까.

다른 누구와도, 연인이 되지 않았으면 하니까.

나를 좋아해 주었으면 하니까.

그래서 나는.

선배와 '가짜 연인' 관계를 유지하고 있다.

내 이 마음을 유우지 선배에게 전하지 않으면 안 된다.

……그렇게 생각했다.

"저기, 선배!"

나는 선배에게 말을 걸었다.

이 이상 선배를 고민스럽게 하지 않기 위해서도, 사실을 말해야 한다.

"응? 왜 그래?"

——선배를 좋아해요, 사귀어 주세요.

"저, 저…… 저는!"

최선을 다해 말을 쥐어짜낸다.

하지만……, 말을 이어갈 수가 없다.

만약 사실을 말한다면.

하사키 선배처럼 제대로 고백하지도 않고 자신에게 유리한 관계만을 요구하는 나를, 선배는 경멸할지도 모른다.

그렇게 생각하면 무서워서…….

"저는……, 선배가 아닌 다른 사람과, 연인이 될 생각은 없어요."

좋아한다는 말은 하지 못한 채로, 나는 내 마음을 전했다.

"그렇구나. 토우카도 이 관계가 마음에 드는 모양이네, 나는 기뻐."

선배는 쑥스러운 듯이 뺨을 긁적이며 그렇게 말했다.

……알고 있었다.

선배는 이제까지 사람들에게 너무 기피당하기만 해서 '자신을 좋아 해주는 사람이 있을 리 없다'라고 굳게 믿고 있다.

그래서 마음을 전하려면.

하사키 선배처럼 더 직접적으로 전해야만 한다.

"……바보."

나는 중얼거렸다.

옆에 앉은 선배에게도 들리지 않을 만큼 작은 목소리로.

그건 선배가 아니라 나 자신에게 하는 말이었다.

나는 이제까지 내내 있는 그대로의 나를 받아들여 주기를 바랐다.

'특별한 오빠의 여동생'이 아닌 나 자신을 인정받고 싶어서 괴로워해 왔다.

그런데도 지금은.

나는 내 진짜 마음을 드러내는 걸 두려워하고 있다.

선배는 나를 착한 아이로 생각해 주었으면 좋겠다.

귀엽다고 생각해 주었으면 좋겠다.

좋아한다고 말해 주었으면 좋겠다.

비겁하고 겁이 많은 나는 언제나 내 생각만……, 스스로가 싫어진다.

당당하게 고백해서 자신의 마음을 진달한 그 사람이 훨씬 대단하다.

나는 캔커피를 마시는 선배의 울적한 옆모습을 훔쳐보았다.

선배를 생각하면 가슴이 아파온다. 괴로워진다.

누구에게도 빼앗기고 싶지 않다고, 다시금 생각했다.

정말 좋아하는구나, 라고 생각했다.

앞으로도 함께 있어주면 좋겠다고, 진심으로 바란다.

이 마음을 솔직하게 전할 수 있다면 얼마나 편할까?

그렇게 생각하면서도 이 관계가 무너지는 게, 이 마음 편한 관계가 변하는 게——, 나는 너무 무서워서 견딜 수가 없다.

머릿속, 그리고 가슴속에서 어떻게 할 수 없는 생각과 감정이 빙글빙글 돌면서 헤매고 있다.

"뭔가 하고 싶은 말이 있는 거지? 괜찮아, 말해."

말없이 생각에 잠긴 내게 선배는 따뜻하게 말했다.

내가 선배의 생각에 불만을 갖고 있다고 착각하고 있는지도 모른다.

하지만 내 모호한 태도를 생각하면 그것도 어쩔 수 없다.

……그래서 나는 마음을 굳히고 일어섰다.

"저, 결정했어요."

그리고 선배의 눈을 마주보고—— 고백했다.

"선배가 저한테 반하게 만들겠어요!"

"……뭐? 대체 무슨 소리야, 토우카?"

어안이 벙벙한 표정으로 선배는 말했다.

……그럴 만도 하다고 생각한다.

그야 이런 선언, 나도 의미를 모르겠으니까.

하지만, 아무리 그래도.

이 연애감정을 자각하고 있는 나로서는, 도저히 아무것도 말하지 않은 채로 있을 수는 없었다.

"방금 말했잖아요! '저는 선배가 아닌 다른 사람과 연인이 될 생각은 없다'라고요!"

"아아, 말했지. ……그래서?"

"제가 건전한 학교생활을 보내려면, 유우지 선배라는 연인의 존재가 반드시 필요하다는 거예요!"

"나처럼 모두가 싫어하는 사람이 연인이라면, 접근하는 남자를 막기엔 딱일 테니까."

자조하듯 선배가 말했다.

제대로 전달하지 못하는 내가 나쁘다는 건 잘 알지만…….

그런 착각을 하게 만들고 싶지 않았다.

다른 사람이 자신에게 호감을 가질 리가 없다는 생각을 하게 만들고 싶지 않았다.

그야 유우지 선배는 나에게 있어.

상냥하고, 의지가 되고……, 세상에서 제일 멋진, 정말 좋아하는 사람이니까.

"그러니까, 하사키 선배 따위한테 빼앗기고 싶지 않아요! 계속해서 제 연인이 되어 줘야겠어요!"

이런 말로는 내 진짜 마음이 전해지지 않는다는 건 안다.

시작하면서 했던 말 때문에 분명히 착각했을 거다.

"──그러니까, 내가 너한테 반해버리면 문제없이 학교 생활을 보낼 수 있다. 그런 게 되나?"

어이없다는 표정으로 선배는 말했다.

나는 고개를 끄덕였다.

그러자 그걸 본 선배가,

"그래, 살살 부탁해."

상냥하게 웃으며 그렇게 말했다.

그런 선배에게 나는 척, 삿대질을 했다.

"아뇨, 조금도 봐주지 않을 테니까요! 적극적으로 팍팍 밀어붙일 거예요!"

지금은 이렇게 얼버무리는 식으로밖에 마음을 전달하지 못하지만.

반드시, 선배한테 제 마음을 똑바로 전할 수 있게 되겠어요.

"그러니까── 각오하세요, 선배!"

그러니까── 그 날이 올 때까지.

저 아닌 누구의 것도 되지 말아 주시겠어요, 선배?

기도와도 비슷한 그 마음을 담아, 나는 정말 좋아하는 선배에게 그렇게 선언했다.

## │ 후기

『친구 캐릭인 내가 인기 많을 리 없잖아? 2』를 구매해 주셔서 감사드립니다, 저자인 세카이이치입니다.

이 소설은 소설 투고 사이트인 〈소설가가 되자〉에 투고했던 작품을 서적화한 것입니다.

WEB판에서부터 응원해 주시는 분들, 언제나 응원 감사합니다.

'WEB으로는 안 보고 있어요'라는 분, 정말로 심심해서 죽을 것 같은 때도 괜찮으니, 〈소설가가 되자〉에 투고 중인 몇 가지 소설을 한번 둘러봐 주시면 감사하겠습니다.

……라는 선전으로 시작해서 죄송합니다.

아무튼 이렇게 무사히 2권을 출판할 수 있게 되었습니다!

이번 권은 1권의 유우지 시점에선 영문을 알 수 없는 반응만 연발하던 그 여자아이가 한 권 전체의 중심이 되었습니다.

2권을 통해 그 여자아이가 어떤 인물인지 알아주시고,

그리고 즐겨 주셨다면 저로서는 대단히 기쁘겠습니다.

  그리고 1권을 구매한 독자분께서 놀랍게도 팬레터를 보
내 주셨습니다!
  편지를 보내 주신 Y씨, 그리고 다른 Y씨께.
  기분이 가라앉거나 고민이 있을 때마다 팬레터를 읽으
며 힘을 얻고 있습니다. 정말로 감사드립니다!
  앞으로도 응원하고 싶은 사람이 될 수 있도록 노력하겠
습니다!


  ──그런 관계로!
  이 코너에서는 독자 여러분의 이야기를 모집하고 있습
니다.
  여러분의 가벼운 인생·연애 상담, 『친구 캐릭인 내가
인기 많을 리 없잖아?』나 이번 주 소년 점프를 읽은 감상
은 물론이고 '세카이이치 선생님이 인연이 생긴다는 속설
을 믿고 몇 년 전부터 저금하고 있는 5엔 동전이 얼마나
모였는지 알고 싶어요!' 등등, 뭐든 좋으니 사연 기다리겠
습니다.
  보내실 곳은 여기입니다. ↓


(141−0031) 도쿄도 시나가와구 니시고탄다 7−9−5 SG

테라스 5층 오버랩 문고 편집부 '세카이이치' 선생님 담당
자 혹은 '힘내라, 지지 마라, 세카이이치' 선생님 담당자

——할 말은 다 했으니 느닷없이 감사 인사입니다.


담당자님, 언제나 조언이나 동기부여가 되는 감상을 해
주셔서 감사합니다. 매번 기대기만 해서 정말로 면목이
없습니다…… (식은땀)
앞으로도 많은 신세를 지게 될 텐데, 모쪼록 잘 부탁드
립니다.


멋진 일러스트를 그려주신 토마리 선생님! 표지의 카나
쨩이 너무나 귀엽습니다……! 그리고 제가 좋아하는 캐릭
터인 요시토 군도 정말 멋지게 그려주셔서 정말로 흥분했
습니다!
이번에는 무엇보다 유우지 군이 상상도 못해봤을 테니
스 치마 룩의 마키리 선생님을 그려주셔서 기쁩니다!
그저 제가 토마리 선생님께서 그리신 마키리 선생님을
보고 싶다는 이유로 지정했습니다! ……바쁘신 와중에 죄
송합니다(식은땀).
아무튼 정말로 감사했습니다. 앞으로도 부디 잘 부탁드
립니다.

그리고 영업사원 분들, 서점 관계자분들, 디자이너, 교정 담당자 분들! 여러분들 덕분에 이렇게 멋진 소설을 낼 수 있었습니다. 정말로 기쁩니다, 감사합니다!

그리고 이 책을 선택해 주신 독자 여러분께.

정말로 감사합니다! 두 번째 권까지 관심을 가지고 지켜봐 주셔서 저는 정말로 행복합니다. 앞으로도 여러분께서 즐기실 수 있는 소설을 써낼 수 있도록 노력하겠습니다.

여러분과 또 만날 수 있다면 기쁘겠습니다. 이상, 세카이이치였습니다!

───────

# 친구 캐릭인 내가 인기 많을 리 없잖아? 2

**초판 1쇄 l** 2020년 10월 25일

**지은이** 세카이이치 l **일러스트** 토마리 l **옮긴이** 주원일

**펴낸이** 서인석 l **펴낸곳** 제우미디어 l **출판등록** 제 3-429호

**등록일자** 1992년 8월 17일 l **주소** 서울시 마포구 독막로 76-1 한주빌딩 5층

**전화** 02-3142-6845 l **팩스** 02-3142-0075 l **홈페이지** www.jeumedia.com

ISBN  978-89-5952-962-9

　　　978-89-5952-936-0 (set)

★파본은 구입하신 서점에서 교환해 드립니다.

**l 제우미디어 트위터** twitter.com/Jeumedia

**만든 사람들**

**출판사업부 총괄** 손대현 l **편집장** 전태준

**책임편집** 서민성 l **기획** 박건우, 안재욱, 양서경, 이주오

**디자인 총괄** 디자인그룹 헌드레드 l **제작, 영업** 김금남, 김용훈, 권혁진